遺傳

衛斯理 著

自序之一

把這個設想寫成故事之後，頗為無奈，人的遺傳因素，已設定人是這個樣子的，想要突破，如果是不自覺之間，產生了變異，「有異於常人」，也就成了痛苦的根源。或竟不肯作七拼八湊的存活，要努力追求自我，結果如何，也可想而知。

古今中外，例子甚多。

不知是否例子多了，會演變成遺傳因素之一？但即使如此，仍然，必定，有極少數人，在追求變數，這少數人，命定不幸，無可避免。

既然是人，只好是人！

一九九四年五月四日

三藩市，口占一絕，洋洋自得

斜風細雨，閒步街市，在肉檔覓得上好五花肉兩掛，皮滑骨軟，肥精相間，紅白分明。攜歸之時，信手摘放蕾之青蒜一把。在砧板之上，將肉切成的角四方。少着水，慢着火。不旋踵，肉香四溢，令人腹如雷鳴，涎如泉湧。只見燜得酥稔好肉，浮沉油水之間，賞心悅目，大箸入口，全身三萬六千個毛孔，無一不唱讚美詩：偉哉此肉，潤我體膚，活我心靈。深感人生樂趣，此為三首選之一。可惜世人，既怕膽固之醇，復懼高脂之肪，竟然捨棄絕佳享受，以換取枯燥且未必可得之長命，捨本逐末，有違生命本意，莫此為甚，可嘆之至。念及此，逐口占一絕：

擬曹霑

詠五花

滿匙酒糖鹽，
一把青蒜蕾，
都云嗜者痴，
我解其中味。

及至飽噎連連，撫腹半臥，覺法傚東坡居士，行仿子聖先師，詩擬雪芹先生，嗜同仲弘元帥，真是非同小可，於是飄飄然，怡怡然，陶陶然，薰薰然，轉眼進入黑甜之鄉，世事管它娘矣。

如此盛事，爰為記，皆日宜（最後三字，是強姦民意之一例）。

註：（一）「兩掛」、「的角四方」皆為甬語。一有方言，便成鄉土，也就文學。

（二）四位大人物之言行，請自去查考。

自序之二

在為這個故事加上「遺傳」的名字之際，忽然想起有人曾說過的一番話中，有「一個兒子發了瘋」之句。瘋狂——是有遺傳性的。說這話的人，其瘋狂的程度，萬萬倍於他的兒子。可是，至今還有一些人，奉如此徹底的瘋子思想為圭臬。這些人——不論數目有多少，既然崇奉瘋子，那就必然會進入歷史的瘋人院。若還未去，只是時辰未到。

倪匡

一九九四年五月十六日
小樓一夜聽夏雨
今朝冒寒看野花

馬克吐溫曾這樣形容三藩市的氣候，他說：「我一生經歷最寒冷的冬天，是在三藩市夏天度過的。」

所以，以上兩句，純屬寫實。

目錄

一、米博士

事情開始得再普通不過——這種事，幾乎每一分鐘，都會發生。

事情如下：

一個家庭住宅之中，女主人正在款待客人，言談殷殷之間，電話鈴響起。

女主人順手按下電話掣，電話中傳來一把很有禮貌的男聲：「請米博士聽電話。」

女主人笑：「對不起，這裡沒有米博士，你打錯電話了！」

一般來說，事情至此，女主人放下電話，就不會再有甚麼發展，但，若是沒有發展，自然也不能成為一個故事的開始，所以還有下文。

那男聲更有禮貌：「對不起，我打的這個電話，號碼是——」

他說出了一個電話號碼。

女主人自然記得自己家裡的電話號碼，不錯，號碼對，但是沒有米博士這個人。

女主人說：「號碼不錯，不過，沒有米博士。」

男人笑了一下：「那就對了，米博士大概還沒有到，他應該很快就到了，他來了之後——」

男聲說到這裡，女主人已有點不耐煩——她有客人在，不想再在電話中糾纏下去。所以她道：「不會有甚麼米博士來，你弄錯了！」

可是男聲堅持：「不，米博士應該快到了，他一來，請你轉告他——」

電話是按下了掣鈕之後，通過擴音器對話的那種，所以客人也可以聽到那男聲。客人聽到這裡，咕噥了一句：「這人也真煩！」

女主人提高了聲音，打斷了那男聲：「你弄錯了，我們並不認識甚麼米博士！」

她已不準備再說下去了，可是那男聲還是搶着說了兩句話，那兩句話令得女主人詫異之至，自然而然，和那男聲對話下去。

那男聲道：「我也並不認為你們認識米博士。」

女主人有點惱怒：「可是你說他要來！」

男聲道：「他要來，和他認識你們，這之間沒有必然的關係，是不是？」

女主人怔了一怔，要略想一想才明白，男聲說得對，確是如此，陌生人也可以造訪的。

女主人已是中等程度的不耐煩：「我們沒有接待陌生人的習慣！」

男聲道：「那不關我事，我沒要求你接待他！」

女主人聲音因不耐而變得尖銳：「那你要求我甚麼？」

男聲道：「我只要求你轉告他，請他主即和我聯絡，立即！」

女主人沒好氣：「真莫名其妙——」

那男聲已接着道：「拜托，拜托，謝謝你了！」

要不是有客人在場，女主人一定會大大發作，但繞是有客在，女主人也忍不住，提高了聲音：「喂，你這人——」

可是，那男聲在連聲「拜托」聲中，卻已經結束了通話。女主人憤然：「神經病！」

客人代女主人不值：「這種冒失鬼，早就該把他罵回去，多半是探聽人家家裡有沒有人，好來『闖空門』！」

社會秩序不好，那電話又來得突兀，也難怪人會作如是想。

主客二人，說談一會，已把那電話忘了。可是，不多久，電話又響了起來，女主人再按下掣，聽到的仍然是那個男聲，聲音相當焦急：「米博士到了沒有？」

女主人這一次，忍無可忍了，尖着聲音就叫了起來：「見你的鬼，告訴你沒有甚麼米博士！」

那男聲卻道：「哦，他還沒有來？」

女主人更怒：「不會有甚麼米博士來，你再來搔擾，我會報警追查！」

那男聲發急：「你別生氣，米博士一定會來，拜托你告訴他——」

這一次，不等對方講完，女主人一按掣鈕，就停止了通話。

女主人已氣得有點不顧儀態，望着客人，有大約三十秒鐘，出不了聲。也就在這時，門鈴響起。

女主人的住所，是一個極華麗的居住單位，通常，這樣住着非富即貴人家的華麗巨廈，有訪客前來，樓下大堂的護衛員，會先禮貌地請來訪者等一等，問明來歷，由護衞員首先打內線電話上來，問明主人見是不見，才讓訪者上來，極少出現來人直接上來按門鈴的事。

所以，當門鈴響起時，女主人大是愕然，和客人一起轉頭望向門口。

主客二人都坐在近陽台處，離門口有一段距離，且還有不少陳設阻隔，一幅來自奧地利的雕花水晶玻璃屏風，就阻住了視線，所以，當女僕去應門時，兩人只看到女僕走向門口，至於在門口發生了甚麼事，兩人都看不到。

在大城市中，曾提及過，社會秩序不好，所以習慣上並不直接開門，而要先隔着門，問答一番，這才開門延客的，那女僕久經訓練，自然如此。

於是，主客二人就聽到了如下的對話。

女僕問：「誰啊？」

門外傳來了一把柔美之至，悅耳之極，甚至隨便一句話，也像是充滿了感情一樣的聲音：「我是米博士。」

雖然只是五個字，聲量也不高，但是卻令得主客二人，陡然之間，霍然起立。

兩個人突然因驚愕而起立，若都是女主人一樣的身型普通那也罷了，偏偏那位客人，身型有異於常人，是一位超過一百五十公斤的肥胖婦人——尋常單人沙發是放不下她那豐滿的嬌軀的，她剛才坐在一張雙人沙發上，這一霍然起立，絕無誇張，帶起一股勁風，令得沙發旁的一盆茉莉花，落下了不少花瓣，散發出一陣花香。當她巍然立定時，景觀甚是異特。

這位肥胖的女士，雖已屆中年，可是皮膚白雪，杏眼桃腮，酒渦深深，若非她身上那五十公斤的贅肉，實在是一個少見的美婦人。

這胖女人不是別人，在我的故事中，大大有名，乃是溫家三少奶，溫寶裕的令堂大人！

這件事，為甚麼會和我發生關連，溫太太在場，當然是主要原因。

而女主人的身分，有點特別，本來我不想寫出來，可是到後來，不寫也不行，因為她在故事的發展中，變得很重要，所以只好如此。

卻說當時的情形是，溫太太一站起之後，勁風未減，她已然發出了一下尖叫聲來。

溫太太的尖叫聲十分著名，可以令一排士兵掩耳而退，所以女主人驚上加驚——第一驚是，居然真的有一位米博士，找上了門來！

由於溫太太的尖叫聲實在太驚人，而溫太太發出驚叫，也是因為受了驚，所以以下一分鐘發生的事，事後竟沒有人說得清楚是怎麼發生的。

以下那一分鐘發生的事，已經有點不尋常了——那應門的女僕，竟然打開了門，讓自稱是「米博士」的人走了進來！

這種情形，本來應該屬於正常——有人來，開門揖客，那是正常的人類行為。可是在罪案叢生的大都市之中，人類行為和傳統有些不同。有人來，絕不可以就這樣開門，不然，會變成開門揖盜，使自己蒙受可怕的損失。

而且，為了避免會被人奪門而入，幾乎家家戶戶都有一扇鐵門，作為防線，在打開木門之後，可以隔着鐵門，和來人對答，直到肯定了對方的來歷，這才開啟鐵門，而且，通常開啟鐵門的手續，還相當複雜，所以來人極難自行進入。

而由於不少人開了門，遭到槍殺的罪案，幾乎每天都有發生，所以人人都知道「不可隨便開門」的原則，有錢人家的女傭，自然早已受過一再的叮囑，所以，那自稱米博士的人，居然堂而皇之地走了進來，這實在是叫人感到意料之外的事。

這一切發生的事，我是從轉述之中聽來的，轉述給我聽的人，自然是溫寶裕。當他說到這裡的時候，我竟自然而然，掩住了雙耳——因為我預料在這種情形之下，溫太太會有一聲更尖銳可怕的尖叫聲傳出來，其音頻之高，是可以震碎所有在她周圍五公尺範圍內的任何玻璃。

但是，溫寶裕再說下去，結果卻大大出乎我的意料之外，溫太太並沒有叫！

溫太太並不是不想叫，她一見有一個陌生男人走了進來，已經準備叫了，在準備發出驚天地泣鬼神的叫喊之前，她先深深吸了一口氣，那使她本來已達世界紀錄水準的胸圍，又膨脹了許多。

但是，她並沒有發出聲音來，並不是由於驚慌過度發不出聲音，而是在剎那之間，她感到一點威脅都沒有，絕不值得害怕，當然，也就沒有了尖叫的必要，大可以節儲能源以備下次之需。

不單是她，連女主人，一見女僕放了人進來，也準備大聲責斥的，可是一開口，也沒有出聲。

這都是她們在見到了米博士之後所發生的事。

何以會如此呢？那是由於米博士的外型，實在太出眾，太令人感到如沐春風，太沒有侵略性，太叫人看了就喜歡，太叫中年女性的母性迸發，太順眼，太叫人一見就打從心中喜歡出來的緣故。

用了那麼多形容詞，當然不如溫太太後來對她兒子所說的那番有力，溫太太這樣說：「小寶兒啊，你自小就像是糯米粉搓出來一樣，雪白粉嫩，樣子也可愛，可是那……那米博士，比你看來更討人喜歡，叫人一見就想到那是心肝寶貝，要摟在懷裡親他的。」

溫寶裕在轉述他令堂大人的話時，頗有不服之色。我道：「在這樣的情形之下，令堂沒有尖叫，我相信，至少她的感覺，真是如此，並無造作。」

總之，進來的米博士，是一個唇紅齒白，眉清目秀，溫文儒雅，笑容可人，玉樹臨風的翩翩美青年，女主人和溫太太當時手中如果有水果的話，一定會不假思索就扔過去的。因為兩位女士，在剎那之間，就認定了那米博士，超過了古代的美男子潘安。

當然也是由於這個理由，所以女僕才會一下子就開門讓他進來的——外在美的重要性，可想而知。

等到溫太太和女主人定過神來時，那個美得令人心醉的米博士，已經登堂入室，來到了客廳中心的那幅波斯真絲地毯之前了！

他在將踏上那幅地毯之前，猶豫了一下，女主人已忙不迭道：「不必脱鞋，不必脱鞋！」

那是來自日本的壞習慣之一，要客人進門脱鞋，真是不知道是甚麼規矩。

米博士點了點頭：「好美的地毯，真叫人不忍踏上去！」

女主人忙又道：「地毯就是被人踏的——」

看她那種神情，兩眼有點水汪汪地，像是還有一句潛台詞沒説出來：「就像有些人，生來就是叫人憐愛的！」

這是後來溫太太説的，溫太太還有一些話，是批評女主人當時的情景的，甚是不堪，只舉一二，不便全錄，她非議女主人：「哼，都快五十歲的人了，哎喲，那情狀，就像是懷春少女見了白馬王子一般，好不叫人噁心！」

至於溫太太自個兒神情如何，自然無法深究了——之所以登錄一二，是想説明米博士的男性媚力，是如何之甚。這種媚力，能激發女性的本性，所以「都快五十」或「已過五十」的兩位女性，其時便特別溫柔。

在兩位中年婦人有點失態的情形下，米博士泰然自若，顯然他已見慣此種場面。

他很是有禮，在一連聲的「請坐」聲中，他坐了下來，聲音動聽：「曲先生呢？我和他有約，他——」

米博士這句話一出口，女主人才從少女懷春的境地中，甦醒了過來。

她呆了一呆：「曲先生？」

這時，溫太太用手肘碰了碰女主人，表示有話要說。可是女主人專注米博士，一手撥開了溫太太的手肘，又道：「曲先生？」

米博士道：「是啊，他——」

說到這裡，他劍眉微蹙，似乎由於約好了的人不在，而有點不耐煩，這樣子，更叫人看了又心疼，又心生憐愛，同時又暗罵那個「曲先生」。

女主人搓着手，手指上的寶石介指閃着光，她道：「怎麼說呢？曲先生……

他……曲先生……」

米博士顯然已不耐煩，可是還維持着絕佳的風度：「我們約好了的！」

女主人實在不便把實情說出來，可是卻不說也不行，她只好先長嘆了一聲，這一下長嘆聲，真的很是哀切，以致米博士立刻現出關切的神情，這也就更令女主人如飲醇醪，為之心醉。

女主人道：「米……博士，真抱歉……這可能……有了一點小小的誤會——」

米博士神情訝異，一副純真無邪的模樣：「誤會，那怎麼會呢？」

女主人再嘆了一聲：「這裡沒有……沒有甚麼曲先生！」

米博士聽了，先是一怔，接着便十分可愛地笑了起來，他的稱呼更大可人心：「小姐，你在和我開玩笑？我和曲先生有重要的事要商量，請你請他出來。」

這是後來溫太太非議女主人的主要原因之一——米博士專對女主人說話，忽略了她的存在，使她感到惱怒。而且女主人被稱為「小姐」之後，那種眉花眼美的樣子，也叫她受不了。

她和女主人本來就沒有甚麼交情，當時難免有點妒火上升。

這時，她不甘寂寞，大聲說了一句：「是啊，你——那位也不姓曲！」

她在「你」和「那位」之間，故意停了一停，而且，含糊其詞地用「那位」來稱呼一個人，當真是用心良苦。那和女主人的特殊身分有關，各位可以自去領會。

趁機形容一下女主人，溫太太說她「快五十歲」，那是誇大之詞，她四十出頭，正當盛年，風華正茂，肌膚賽雪，身型豐滿，高䠷頎長，是一個極出色的美人，更有難以形容的千種風情，和米博士雖有一段年齡上的距離，但是看她和米博士對談，俊男美女，不論是一啟唇，一揚眉，以至於極微小的小動作，都有無限美態，可以看得人賞心悅目的。溫太太是因為「別有懷抱」，所以看在眼中，才會產生越看越不順眼的反應。

女主人受了溫太太的一刺，卻仍然笑語盈盈：「所以我說有小誤會——米博士你找錯地方了！」

米博士突然開懷笑了起來：「怎麼可能，這裡的地址是——」

他說出了一個地址來，卻一點也不錯，女主人嘆了一聲：「地址不錯，可是沒有甚麼曲先生！」

米博士仍然不信——這時他的神態，更是可愛：「可是，可是剛才在門口，我說找曲先生，就開門給我了！」

女主人再嘆一聲，由衷地道：「那……多半是由於你，你……你看來……看來……所以女僕才開門的。」

女主人說得支支吾吾，而且說話之間，粉頰便飛起了兩團紅雲，嬌艷無比，看得米博士也有點發呆，兩人居然四目交投，默默無言了好幾秒鐘。

直到溫太太在一旁，連聲咳嗽，女主人才戀戀不捨，把目光自米博士俊美的臉上移開，但兀自斜睨不休，更添風情。

雖然最後，終於通過語言，弄清楚了確是誤會，米博士大是訝異：「這地址明明是曲先生給我的，怎麼會弄錯，真是奇哉怪也，莫名其妙。」

女主人也連聲稱怪，不過看得出，她極之歡迎有這樣的誤會。

溫太太指着女主人，胖臉之上，現出一絲曖昧的笑容，喉嚨之間發出含糊的聲響。那意思是說女主人一定是交了一個姓曲的蜜友，礙於她恰好在場，所以不便相認。在做了這些怪表情之後，就待作狀，起身離去，怎奈她尊體實在太重，站了幾次，未能竟動。

女主人知道溫太太用意，笑罵道：「你少動骯髒念頭，米博士前來，確是誤會！」

其時，溫太太雙手，撐在沙發扶手之上（雙人沙發），只是嬌軀不勝負荷，仍在半坐半起之間，正在發力，難以反駁。

而米博士一見溫太太如此情狀，大生憐香惜玉之心，紳士風度迸現，移步過去，輕扶溫太太玉臂，向上略抬了一抬。

他這一抬，實際上只能抬起溫太太的嬌軀於萬一，但是精神鼓舞作用，卻是非同小可，溫太太立時挺身起立，只是米博士估計略有錯誤，所站立的方位不對，以致溫太太站起之後，腰圍撞了米博士一下，把米博士撞出一公尺有餘，以致她的一個感激的眼神沒有了着落，並未被米博士接收到。

當溫寶裕向我說到這裡的時候，我責斥他：「令堂就算把當時的情形，向你說得再詳細，也必然不會有這一段！」

溫寶裕倒也老實：「確然沒有，那是我加上去的——她當然不好意思照實說！」

我笑了起來：「連母親也誇大編排，天性可知。」

溫寶裕道：「我怕我說的一切太悶，叫你聽得沒興趣，是以才加油添醋。」

我催他：「你來向我說，必是事情很有些出人意表之處，只管說下去便是。」

溫寶裕點了點頭，再說事情的經過。

當下，女主人忙過來問才站穩了的米博士：「你……沒甚麼吧。」

米博士雖然神情駭異，但也連聲道：「沒甚麼，沒甚麼！」

溫太太很不是味兒，這才想起了事先的那兩個電話，她嘖嘖稱奇：「真怪，米博士找錯了地方，可是竟有人會早知道他會來！」

女主人這才記起，她「啊」了一聲，米博士卻摸不着頭腦：「怎麼一回事？」

女主人把剛才兩個電話的情形說了，米博士俊美的臉孔上，現出很是焦急的神色來：「那一定是曲先生，他知道錯給我地址了！」

他一面伸手向上衣袋上摸着，一面問：「可否借用一下電話？」

女主人沒開口答應，米博士已從口袋中，摸出一本「電子記事簿」來——這類

「電子記事簿」，目前已大行其道，不必多作介紹了。

米博士在記事簿上按了幾下，想是在找曲先生的電話號碼，然後，他放下記事簿。

兩位女士都看着米博士打電話，只見這俊男果然非同凡響，連打電話這樣普通的動作，他做來都優雅動人，看得人賞心悅目——由於兩位女士的注意力只集中在米博士身上，這才有以後的一些事發生。

電話一接就通，米博士「喂」了一聲報了姓名，就只聽對方説話。

二、電子記事簿

電話的那頭，在說些甚麼，兩位女士都聽不清，只聽得一陣嗡嗡之聲，對方那人像是說得很急，而米博士則越聽，神情越是凝重，分明是有甚麼要緊大事發生了。最後，只聽得米博士連聲道：「好！好！我立刻就來！」

他放下電話，雖然神情焦急之至，但仍不忘彬彬有禮，向兩位女士行禮致歉：「對不起，我有急事，立刻要走，對不起！」

他一面說，一面已向門口走去，自行打開了門。兩位女士一位輕移蓮步，一位想輕移而不能，也一起跟了出來，眼看米博士進了電梯，米博士在電梯門關上之際，還不忘向兩位女士行禮。

兩位女士目送電梯下降，仍在門口站了片刻，女主人由衷道：「天下有那麼出色的人才！」

本來，人人都是癲痢頭兒子自家好，何況溫寶裕是公認的美少年、俊青年，可是溫媽媽居然同意了女主人的話：「可不是！」

兩位女士返回屋內，不到半分鐘，就不約而同，一起叫了起來。

雖然只是二女齊叫，但聲勢不下萬馬奔騰，其中當然尤以溫太太為勝。

兩位女士驚叫的原因，是由於她們目光一致，望向剛才米博士站在那裡打電話的所在，雖然其人已去，人面不再，兩人卻同時發現，米博士的那本電子記事簿，留在電話之旁了！

女主人究竟行動比較靈活些，一面尖叫，一面已趕過去，把電子記事簿抓在手中。

溫太太則叫道：「快去交還給他，裡面可能有很重要的資料！」

女主人有約莫十分之一秒的時間，俏臉之上，神色很是難看。於是溫太太鑒貌辨色，認定她是在心生詛咒，怪溫太太在場——若只是她一人，一定會把這記事簿據為己有，或等米博士出現來索取，或乾脆據為己有，慢慢去發掘人家的秘密。

但此際給溫太太一喝，女主人縱有此心，也不得不放棄，連聲道：「是！是！」

溫太太急忙道：「一起去！」

女主人也無法拒絕，待得兩人下樓，米博士早已離去，豪華的大廈門口，聚着若干少男少女在紛紛議論，少男都說：「好漂亮的車子！」少女卻都說：「好漂亮的男子！」

顯見得是米博士駕了一輛好車走了。

女主人芳心大悅：「等他發現遺失了，一定會回來找！」

溫太太杏眼略翻：「他找上門來，若是你那位恰好在，只怕不是很方便。」

女主人花容失色，半晌不語。溫太太又道：「全市皆知你那位妒心奇重，聽說當年，他曾為了吃醋，殺了奸夫淫婦。」

女主人更是臉色煞白，溫太太再進言：「要是給他知道你藏了陌生男人的電子記事簿，這等私人物品在你手中，只怕是用最好的洗潔精，也洗不清啊！」

女主人本來緊握記事本，如得至寶，此際溫太太的話起了作用，她手一震，幾乎把記事本跌落地上，而溫太太覷準了時刻，一伸手，輕輕就把記事本接了過來。

她取了記事本在手，道：「就放在我這裡——我想他會先打電話來問，你就告訴他在我處。」

女主人總是心有不甘：「要是找上門來呢？」

溫太太胸有成竹：「隔着門兒告訴他，東西在我這裡，你那人就算在屋中，也不會起疑。」

女主人顯然極怕她的「那人」，所以只好連連點頭，溫太太記事簿到手，也不再上樓，一聲「再見」，就要離去。女主人彎了半晌才道：「你就不怕你夫君生疑？」

溫太太理直氣壯：「我怕甚麼？我那人是塊木頭，再說，那米博士看來，年輕有為，正好和我家小寶做個朋友，也勝過小寶整日和——」

溫寶裕說到這裡，戛然而止，我知道我在溫媽媽的心目之中，不是甚麼好東西，當然不會有好話聽，所以也沒有追問下去。

女主人無話可說，只好眼看溫太太離去。

溫太太上了車之後，心中有說不出的好奇，她知道女主人的特殊身分，也隱約聽說過女主人出身風塵，所以她心中認為，那米博士甚麼的，根本是女主人的相好，只由於礙着她在，所以做戲！

刺探他人私生活上的秘密，原是溫太太這類胖女人的生命源泉，她們似乎就為此而活，窺探到的秘密，為滋潤生命的必需，如今有了這樣的一個好機會，自然喜心翻倒，興奮莫名。

她一上車，就開啟了那電子記事簿，只見小小的熒屏上閃動了一下，出現了一行字：請輸入密碼。

溫太太呆了一呆，對她來説，能夠按動那個開啟的掣鈕，已經很不簡單了，甚麼是密碼，她根本不知道——就算知道了，她也不知如何輸入！

於是她就問司機：「這東西，你會不會弄？」

她把記事簿伸到司機面前，司機年過六十，行動遲緩（這是優點），看了一眼，就笑道：「這種東西，年紀輕的人才在行，上了年紀的人，看見頭就昏了！」

溫太太芳心惱怒，因為司機這一説，連她都歸入「上了年紀」這一類了，雖然這根本是鐵一般的事實，可是如果當真打心底深處就不承認這一點，倒也頗可收延年益壽之功效。

溫太太咕噥着罵了一聲「笨東西」，心中就想到了她那聰明伶俐，萬事皆能的寶貝兒子來。於是，就用無線電話聯絡溫寶裕。

那無線電話，早十幾二十年，還是科幻小說中的東西，如今則已幾乎人手一具，誰說人類科學沒有進步，雖然小毛病如傷風感冒，還在折磨着人，使人體驗「四苦」之一，但無線電話造福人群，也是不爭之事實。

聯絡上了溫寶裕，溫太太下令：「立刻回家來見我，有急事！」

溫寶裕雖然佻撻，但母親大人有命，卻也不敢公然抗命，所以母子二人，很快就會面了。

我聽到這裡，已沉不住氣，粗聲道：「小寶！」

溫寶裕自然知道我的心意——我最恨刺探他人隱私的行為。而一般私人的筆記簿，裡面必然記載着許多個人的資料，也必然有不想被別人知道的事在，溫太太想揭人秘密，很是卑鄙。

雖然記事本為了個人秘密不外洩，一般都設有密碼操控，但這類至多四位數字的密碼，要解破易如反掌，屬於「防君子不防小人」那一類，到了溫寶裕手中，自然毫無問題！

所以我才感到了厭惡。

溫寶裕忙叫道：「且聽下文！」

原來，他和我一樣，也討厭這種行為，所以在當時，他一聽得溫太太的吩咐，也大叫了一聲：「媽！」

可是溫太太卻大條道理：「你只照我的吩咐去做，說不定他們兩人之間有大秘密！」

溫寶裕繼續努力：「媽，你要知道人家的大秘密幹甚麼啊？」

溫太太怒道：「叫你做就做，問甚麼！」

溫寶裕只好答應，把那電子記事簿，接了過來：「現在我也不能弄出甚麼來，要帶回去找儀器幫助。」

溫媽媽吩咐：「快！越快越好。」

溫寶裕的動作，確然很快，他把記事簿帶到了巨宅之中，不消十分鐘，便已找到了密碼，可是他卻想也不想，就按到了「是否要刪除資料」那一項，按了「是」，又在「刪除資料詳情」或「刪除全部資料」上，選擇了後者，當真只是一舉手之勞。

然後，他去回復母親：「這裡面，甚麼資料也沒有，不信，你可以找別人去看。」

溫媽媽雖然滿腹狐疑，但怎奈自己對這玩意兒一竅不通，所以也無可奈何，只是頻頻說：「怎麼會這樣！怎麼會這樣！」

在這時候，溫寶裕自然的裝出了一副清白無辜的神情，以示他也不知道「怎麼會這樣」！

這是自古以來已然的情形——在上位的人，被下面的人欺瞞，高高在上，以為一聲令下，就甚麼都可以行得通，在沾沾自喜之時，正是下頭竊笑聲四起之際，不過，被蒙在鼓裡的，還自以為聰明非凡哩！

卻說當下，溫媽媽大失所望，溫寶裕忍住了笑，心想那博士來找回失物之際，總要識趣方好，不然，這西洋鏡可就拆穿了。

而溫媽媽這時希望的是，米博士快點來找她，取回這記事本。

怎知等了一天又一天，一共等了三天，仍然沒有米博士的消息。她心中不免焦急，她的感覺，也算是敏銳，這時，她感到事情有點不對頭——自己像是叫人戲耍了。

於是，她打電話給那天的女主人，希望旁敲側擊，問問清楚。

電話一打去，才一接通，溫太太還來不及「喂」地一聲，就聽得一個極粗魯的男聲，先是劈口罵了一句不堪入耳的髒話——以溫太太的養尊處優，這種髒話，一生之中，聽得不會超過三遭，接着，就是一聲斷喝：「賤人，你還不死回來！」

那嚇得溫太太連驚叫聲都忘了發出來，立刻放下電話，手按胸口——儘管她胸口脂肪層幾乎有一尺厚，可也兀自感到了心的跳動，可知她吃驚之甚。

足有三五分鐘之久，她才定下神來，在回過神來之後，她卻又興奮莫名。

因為她認得出，那說髒話，罵人的聲音，發自何人。

那人在社會上極有地位，自然屬於豪富一族，各種掛名的銜頭極多，和「道德」有關的，至少也有十七八個，自他那道貌岸然、仁義道德的口中，吐出這樣的髒話來，豈不是天大的新聞？

溫太太大是後悔，剛才沒有把那兩句話錄下來，不然，至少可以成為三天的城市話題！

她興沖沖地先把這件事打電話告訴她的幾個閨中密友，等到小報告打到第三家的時候，她得到的回音是：「你才從非洲來啊，這樣轟動的事你都不知道？大老板的騷娘子失踪三天了，大老板氣得跳雙肺，已出了一千萬的花紅找她，要把綠帽子除掉。怎麼，沒人告訴你這事？」

一頓話把溫太太弄得灰頭土臉，幾乎從此無面目見人，不過她放下了電話之後一想：不對啊，自己三天前曾見過失踪者，怎麼說她失踪了呢？

正在奇訝，門鈴響起，僕人去應門後，又來相告：「太太，有一個私家偵探，姓郭，要見你！」

這私家偵探，姓郭，自然不是別人，就是我們的朋友小郭了。

此事巧得很，當溫寶裕向我講述這件事，到了這一骨節眼時，小郭也來了。

小郭和溫寶裕也極熟，所以三人在一起說話，也容易些。小郭一進門就大發牢騷：「真他媽的，自從那椿倒霉的氣體人事件之後，好像每一個人都會化為氣體，消失無踪一樣，真莫名其妙。」

我已經知道小郭接了尋找失蹤的女主人一案，所以我道：「或許正是氣體人，也說不定！」

小郭憤然：「哪有這麼多氣體人！」

我道：「有七八十個，也不足為奇——那米博士說是俊美無比，和上次那個氣體人金兒的外型俊美，很是相似，這可能是氣體人的特點！」

（上一個「氣體人」的事，記述在《運氣》這個故事之中。）

（當然，這個故事不是氣體人故事——我不會重覆把相同的主體放在故事中。）

但當時，在一切還都未曾明朗化以前，「氣體人」不失是一個考慮的方向，所以小郭和溫寶裕都沒有強烈的反對，小郭還道：「嗯，可以向這個方向去查一查！」

我問他：「你是受甚麼人的委托，進行此案的？」

這一問，令得小郭突然之間，現出了一股比恐懼稍輕，但是比忌憚要重的神情來，而且一開口，不由自主，壓低了聲音：「那……傢伙，真是大亨……大亨中的大亨！」

一般來說，「大亨」一詞，雖然形容有地位的人，但此詞源出上海，熟悉滬語的人，都知道這個詞，固然已相當普及化，但是骨子裡，都含有貶意在，然而又很是微妙，這種貶意，在某些人的心目中，卻正是褒詞，因為人各有所好，有些行為，為人不齒，但卻又是某些人認為是光宗耀祖的事。

那是人各有志，不可一概而論。

舉例來說，一個極傑出的科學家，或思想家，對人類文化有巨大貢獻的，不會有人稱他們為大亨。而一個大幫會的頭子，或是手擁重兵的軍閥，被稱為大亨，則是順理成章的事，聽者也不以為忤。

而一般豪富，若是財產全循正途而來，一般也不會有大亨的榮銜，但如果同時有巨大的潛勢力，有不足為人道的其他行為，那麼，當然就是大亨了。

要舉具體的例子，昔日上海灘有「三大亨」，軍、政、民三界，商、賭、毒無所不包，甚至可以開銀行擺明了做正行的，這就是了。

小郭的口中，忽然冒出「大亨」一詞，而且還形容為「大亨中的大亨」，我聽了之後，悶哼了一聲，雖然並不欣賞，但卻也不能不承認他這個詞用得恰當。

我自然知道他口中的「大亨」何所指，指的就是故事開始時，溫太太口中，女主人的「那個人」。這個人不但財產龐大，而且勢力極大——這是一般豪富所不及的，所以他也與眾不同，成為大亨。

像我所熟悉的豪富陶啟泉，論財富，十倍於他，但是論勢力，卻差得太遠了！「勢力」這玩意，無形無跡，但是卻又是一種實際的存在，最是微妙。表現勢力的形式有許多種，別人擺不平的事，他出一句話，甚至只是使一個眼色，就擺平了，這就是勢力。勢力在於他的意思，可以在各個階層之中得到貫徹，小到私人恩怨，大到一國政要的上台或下台，幾十萬軍隊服從或叛變，都可以由心控制。

而且有這種龐大勢力的大亨，絕大多數，都在幕後，不在台前，若不是真知內情，不會知道他有那麼大的勢力，而正由於他真正有勢力，所以也不必昭告天下，說他有勢力。

好了，說了半天，我就簡稱這個人為大亨，而且，以上所作的一些介紹，一些例子，也並無誇張，事實上，這個人的勢力，究竟去到何等程度，我這個一介平民，也實在無法了解。

小郭也不是沒見過世面的人，可是一提起來，不但頗有懼色，而且還不由自主，「嗖」地吸了一口涼氣。

我沉聲道：「太誇張了吧！」

小郭也覺得有點不好意思：「這……是條件反射，他把我找了去，倒是客客氣氣的——」

我揚眉：「你居然見到了他本人，這可不簡單。」

小郭道：「是，可能是……那女人對他來說，很是重要，再加上那人可能是跟小白臉跑掉的，這是男人的大忌，他非要把他們找出來不可——」

大亨由於非把「那女人」和米博士找出來不可，所以才找了最好的私家偵探小郭——大亨和小郭見面的情景，和大亨驚人的排場，就不必詳述了，只有一件事，需要交待的是，在小郭答應承辦（不答應也不行）之後，大亨給了他一份文件，道：「這上頭，是一些國家，和這些國家中一些說得話的人的名字，你在辦事過程中，不論遇到甚麼麻煩，都可以去找他們。」

大亨說了之後，又叮囑了一句：「我當然希望找到活的，可是如果死了，也不要緊，不過一定要有死亡過程的記錄，我要來下酒，哈哈！哈哈！」

大亨打着「哈哈」，小郭卻冒着冷汗。

小郭問我：「聯合國有多少會員國？」

我道：「說不清楚，不到兩百個吧。」

小郭道：「那張名單上的國家，有一百三十二個。」

我悶哼一聲：「世界上有那麼多落後野蠻的國家麼？」

小郭喟然長嘆：「衛先生，天下烏鴉一般黑，一般地黑啊！」

我也不禁無話可說——文明進步又怎麼樣，一遇上野蠻黑暗的，還不是得考慮種種的利害關係，到頭來向野蠻黑暗握手！在利益的大前提之下，甚麼原則都可以拋開——這就是人類的特性！

小郭接手調查，第一個詢問的對象，自然是那個女僕，那女僕所說，經過多重的證實，證明可靠。

女僕所說的過程很簡單：「小姐和溫太太一起出去，獨自回來——」

請注意女僕對女主人的稱呼是「小姐」，從這可以了解女主人的身分。

女僕又說：「小姐回來之後不多久，又有人按門鈴，還是那個米——米甚麼的男人，我開了門，就進了廚房，沒多久就聽到開門關門聲，等我出來時，已不見屋裡有人了。」

再明顯不過，米博士再來，女主人和他一起離開。

這其間，就有一個我非問不可的問題，因為根據正常的情形來看，米博士回來，當然是為了取回筆記本，而筆記本在溫太太處，他們一起離開，最可能是去找溫太太。

那麼，何以小郭不立刻去找溫太太呢？

小郭的回答是：「我一知道溫太太的身分，當然先要來聽聽你和小寶的意見。」

小郭言之成理，而且，他也可以推測得到，在溫太太處，不可能獲得甚麼資料，因為女主人和米博士，如果連袂去找過溫太太的話，一定會有人看到，可是小郭調查的結果是，溫太太並沒有和這兩人接觸過。

可是溫寶裕對小郭的所為，卻大不以為然：「真是，你這個大偵探是怎麼當的？我媽是見過米博士的，而且印象深刻，你去找他，至少可以知道他的長相如何！」

小郭白了溫寶裕一眼，取出一張照片來，向着他：「這就是米博士的長相！」

我和溫寶裕一起看去，一看之下，也不禁怔了一怔，心中各自喝了一聲采：「好一個美男子！」

照片中的青年人，穿着普通，相貌俊美，而更難得的是，雖然只是看相片，但是也可以強烈地感到那是一個極溫文儒雅的人，有着一股難以形容的氣質。如果不是「書卷氣」一詞被人用濫了的話，那是最現成的形容。這種氣質，無形可以捉摸，但自然存在，所謂「腹有詩書氣自華」，就是這個意思。

而且，他雙眼之中的目光，誠懇之至，一副胸中坦蕩蕩的君子神情，如果說這種神情也可以偽裝出來，那世上便根本沒有「真」這回事了。

我看了好半晌，視線才從照片上移開，我一開口，說的話聽來和我們在討論的事風馬牛不相及，我道：「一個人，能夠居於大亨的地位，必然頭腦清晰，有條理，明是非，有過人的理解能力。」

小郭真不愧是我多年老友，一聽就知道了我這樣說是甚麼意思。

他道：「是，我一得到了這照片之後，立刻就去見大亨，給他看這照片。」

溫寶裕也明白了我的意思：「不過，你還要有一番說詞才是。」

小郭有點不好意思地笑：「是，不過說詞，很是肉麻，你們可別見笑。」

他一說，我和溫寶裕，都笑了起來。

三、大亨

小郭大是狼狽，抗議：「我們還是朋友不是？」

我拍着他的肩頭：「大偵探還要去拍大亨的馬屁，令人費解！」

小郭嘆了一聲：「他那氣勢，自然令人懾服，不敢使他發怒。」

我沒有再笑，心中反倒有一絲悲哀，這種所謂「威勢」，其實是根本不存在的，只是有些人自己的心先怯了，就覺得某人有威勢，如果自己根本不心怯，對方的威勢，自何而來？

這和權力的產生，是由於有人服從，是一樣的道理。

小寶道：「你是怎麼說的？」

小郭清了清喉嚨，道：「我對他說：令寵雖然天仙化人，人見人愛，可是請看看，他……這米博士可像是拐帶婦女的樣子？」

溫寶裕替他打圓場：「說得好，並不肉麻。」

小郭補充了一句：「那女人也確然美艷絕倫！雖已屆中年，但更如盛放之花，熟透之果。」

我皺眉：「這就肉麻了！」

小郭一本正經：「不是，美女在在皆是，但是媚騷入骨者少見，這女人正是如此，這和她一生經歷有關，半是天生，半是環境訓練出來的。」

我正想問這女人的「一生經歷」如何，溫寶裕已搶先問道：「那大亨看了相片，聽了你的一番話之後，他卻如何說？」

這時，溫寶裕的神情，出奇緊張，後來我笑他，他仍然很緊張，道：「這可不是鬧着玩的，要是大亨認為他的女人叫小白臉拐跑了一事，和我母親有關，那我媽就身處險地，只怕失了踪，還以為她成了仙哩！」

溫寶裕是為了他母親的安危，才如此緊張的，這倒令人肅然起敬——而且，我也知道，溫寶裕這種想法，不是誇張，那大亨確然有他不可低估的勢力，他勢力的觸及範圍，伸延之廣，真是不可思議。這一點，我也是在日後，方才知道。

卻說小郭見問，先吁了一口氣，才道：「大亨果然明白事理，看了半晌之後，才道：『這小子，確然不像拐帶婦女的樣子——他不給婦女拐帶，已經是好運氣了！』」

小郭聽得大亨如此說，先大大鬆了一口氣，他知道這一來，事情至少可以緩一緩了。

那時，小郭正在大亨一個辦公室中（身為大亨，自然不止一個辦公室），這個辦公室，可能專為接見私家偵探之用，因為小郭上一次見他，也是在這個辦公室中，兩次相見，隔了一天。

小郭用了一天功夫，就找到了米博士的照片，雖然說米博士的照片並不難找，但他已算是神通廣大了。

而那一天，離女主人和米博士一起離去，已有三天了，所以大亨的臉色，仍然極難看。

不過大亨仍然道：「若不是年紀不相襯——要是早二十年，他們這一對，倒真是舉世無雙！」

小郭怔道：「我想……我想他們失踪，和男女之情，不會有關係。」

大亨長嘆一聲，竟然大是悽愴：「你不知道，我一生女人過千，但是沒有一個及得上她的！」

大亨忽然向小郭說起這樣的「知心話」來，小郭自然只有唯唯諾諾。

大亨又道：「你自然知道，女人甚麼叫作『媚』？」

小郭不禁有一點冒汗，他並不欲和大亨討論這個問題，所以支支吾吾，沒有正面回答。

沒料到大亨忽然掉了一句文，雖然擬於不倫，也大出小郭的意外，大亨道：「口之於味，有同嗜焉，只要是男人，一旦得嚐異味，沒有不依戀不捨的，所以，不能依年齡論事。」

小郭駭然，心想大亨自己戀這女人，便以為天下男人皆如此，這案子還是棘手得很，只怕就是兩人清清白白，這米博士也是麻煩得很了。

小郭當下道：「有了相片，也知道了他的來龍去脈，要找人，應不會太難！」

大亨呆了半晌，忽然道：「男的來龍去脈你知道了，女的你知道嗎？」

這一問，倒令得小郭愕然，而且有點心虛。

因為在接了案子之後，他不但去查過男的來龍去脈，也曾去查過女的。

可是男易查，女的卻怪，在她搬入那座大廈，成為大亨寵愛之前，竟然甚麼也查不出來，根本沒有她的任何資料——依小郭的經驗來判斷，不是根本沒有資料，而是所有的資料，都被刻意抹掉了！

這一點還不可怕，令得小郭心悸的是，問了幾天應該知道情形的人，那幾個人一見問，個個立刻回絕，而毫無例外，大有駭然之色。

這種情形，可想而知，是大亨早已有了佈置，不想任何人再知道女人過去的事！而手段如此廣泛，簡直能人之所不能，自然令人生悸！

此所以，當時大亨問起，小郭心中一凜，只好假裝糊塗，反問道：「有此必要嗎？」

大亨道：「要找她回來，多少有點幫助。」

小郭心想，大亨不說「找她出來」，而說「找她回來」，可知心中對她眷戀之深。

小郭當時也不知大亨心意，又支吾了幾句，大亨忽然起身，走近一具保險箱——那保險箱看來，是一具雄獅的銅塑像，和真獅一樣大小，十分威武生猛。當然，以小郭的專業眼光，早已看出那是一具偽裝的保險箱。

大亨伸手入獅口之中一陣，獅身上就有一度門打開，再按密碼，又打開一道門。

大亨當着小郭做這些，小郭別轉頭去，裝成看不見。心中着實不安——因為他實在不想知道大亨太多的秘密。

至於大亨後來，如何處理小郭看到他開保險箱這種事，卻是小郭當時，再也想不到的。

（這是後話，大家不妨猜一猜大亨如何處置這具已洩露了「秘密身分」的保險箱。）

打開了保險箱之後，大亨自箱中取出來的是一隻扁平的盒子，約有三十公分見方，十五公分厚，盒子雖小，但看起來像是十分沉重。

小郭是識貨之人，一看那盒子表面，閃耀着一層灰黑色的光芒，雖然他裝着不看，但心中一凜，也不由自主，發出了「啊」地一聲。

大亨抬起頭來看他：「看出了甚麼名堂？」

小郭指着那盒子：「這……盒子……這盒子……」

他一連說了四五聲，竟然難以為繼，大亨笑道：「這是一具小型保險箱，可以說是世上最堅固的了，除非是地球毀滅，重歸渾沌，不然，想損傷它，也難上加難！」

小郭道：「是！是！這……是鉬和鋨合金鑄成的吧！」

大亨「哈哈」大笑：「果然好眼光，不錯，正是『又臭又麻煩』！」

小郭怔了一怔，一時之間，不知道大亨何以忽然冒出了這樣一句話來。

而當他說到這裡的時候，他停了下來，望向我和溫寶裕——大有挑戰的神色，那意思是：我當時聽了，不知道是甚麼意思，你們知道嗎？

我和溫寶裕也不知道大亨的這句話是甚麼意思，這時，才進來不久的紅綾道：「這人說話很有意思，這盒子是用鉬、鋨合金鑄成的，這兩種稀有金屬，都穩定堅硬，鋨更是密度最高的金屬。」

小郭聽到這裡，神情也大是佩服：「是，它的密度，是二十二點四八，金只不過是十九點三二！」

我仍然不明白那有甚麼關係，紅綾又道：「鉬的取名，會有『使人煩惱』的意思，因為它經過極其繁複的手續分離出來，是麻煩的代名詞！」

等紅綾說到這裡，我和溫寶裕也都明白了，溫寶裕接着道：「鋨這種金屬，它的氧化物含有劇毒，並且很臭，這個元素的名稱，在拉丁文中，就是臭味。」

紅綾笑道：「所以那大亨說『又臭又麻煩』真有意思——這兩種金屬都極稀有，加上其他金屬鑄成的合金，可以說是地球上最堅固的物質了！」

溫寶裕道：「好傢伙，用這樣的稀有金屬來鑄造小保險箱，得化多大的代價？」

我道：「那還不是代價的問題，也要有精密鑄造工業肯接這樣的訂單才行，據我所知，精密工業的翹楚，歐州雲氏集團有這樣的本領，但是雲氏集團向來不賣他人的賬，莫非又是我們的朋友，戈壁沙漠的傑作？」

小郭道：「不是戈壁沙漠，還真是雲氏集團的出品——這樣的一隻小箱子，價值和一架七四七珍寶機相類，而且還不是有錢就做得到，阿拉伯有幾個酋長，肯出雙倍價錢，雲氏集團一聲『沒有興趣』就推掉了。大亨不知是用了甚麼方法，使雲氏集團承造的。」

我道：「有機會不妨問一問，但是據我所知，這樣的盒子，是由一個亞洲國家的獨裁者所有，那獨裁者把他身後的百年大計，放在這樣的箱子之中，只怕箱子的開啟密碼，傳給了他心目中的繼承者，這種箱子的地位之重要，可想而知。」

溫寶裕道：「是啊，怎麼大亨也有一隻？莫非竟有兩隻之多？」

小郭道：「正是有兩個——我把這盒子屬於獨裁者的一事說了，大亨笑着說：『鑄造的時候，一個也是造，兩個也是造，我就多造了一個，一隻送了給那位。』」

大亨在有意無意之間，炫耀了一下他和一國之首之間的交情，這令得小郭更是起敬。

只見大亨把右手按在那盒子上，左手在盒子的一邊，按了幾下，就把盒子打了開來。

小郭知道，這過程看來簡單，但其間不知包含了多少的複雜操作過程——先要對照大亨的手紋和指紋，再要啟動密碼，說不定一有差錯，就會有變化——例如突然自行產生高熱，而鋨這元素，在高熱之下，就會迅速氧化為劇毒的四氧化鋨，那麼，開盒之人，非慘死當場不可！

小郭只是心裡想，自然不會笨到把這些說出來。

大亨打開盒子之後，取出一樣東西來，頗出乎小郭的意料之外——那是一片電腦的軟件。

大亨把軟件放在手中掂了掂：「她的過去，全在這裡了，除了這裡之外，沒有人知道她的過去——」

小郭沉聲道：「不，是有人知道她的過去，但是絕不會說出來。」

大亨笑着：「對，所以你要去查，是查不到的，我要你找人，你去看，看了之後，最好不要告訴人。」

小郭說到這裡，溫寶裕已叫了起來：「喂，你要是已答應了人不說，又告訴我們這些幹甚麼，豈不是吊人胃口嗎？」

我沉聲道：「小寶，這個女人的過去，必定歷盡滄桑，你要知道來幹甚麼？那是三姑六婆才有興趣的事。」

我斥了小寶之後，又對小郭道：「你一定請準了大亨，才讓我們知道，是不是？對不起，我們對它，並無興趣，你根本不必說。」

小郭的神情尷尬之至，囁嚅半晌，才道：「我……只是想說，這女人的經歷，豐富曲折得叫人難以想像，要拿來作題材寫小說，是一部巨著。」

我再度提醒他：「夠了！你甚麼也沒有說過，也甚麼都不必說了——老實說，你知道了這個女人的一切，對你來說，也沒有好處。」

小郭苦笑，點頭道：「我知道，如果我到處去說，不知道會有甚麼樣的橫禍臨頭。」

我道：「你知道就好，而且，我相信她的過去，對尋找她並無幫助——在她的過去生活之中，必然沒有出現過米博士其人，對不對？」

小郭道：「是！」

我道：「這就是了，循米博士那條線去找人，那才是正確途徑。」

小郭嘆了一聲：「米博士的經歷也太簡單，他是中德混血兒，所以外型兼有歐洲人和亞洲人之美，他有兩個醫學博士銜頭，照片所見，是他才取得一個博士之後的照片，那次使他得博士的論文，和遺傳學有關，這人生活簡單，只知研究，不通世務，甚至不要擔任醫學院院長，只當研究員。」

小郭說到這裡，略頓了一頓：「這樣的一個單純科學家，我想破了頭，也想不出他和大亨的那個情婦，會有甚麼轇轕。」

這確然是一個令人想破了頭也想不出的問題，我轉而問溫寶裕：「令堂又怎麼會和那女人有轇轕？」

溫寶裕苦笑：「她老人家負責一項慈善捐款演出，而那女人是出了名的美人，我媽想要她出來，和她合演一齣古裝戲……唉，當真是異想天開之至！」

我看到溫寶裕的神情古怪，忍不住問道：「想演哪一齣戲啊？」

溫寶裕苦笑：「鳳儀亭！」

我一聽，倒覺得很自然，不明白何以溫寶裕如此古怪。我順口道：「不錯啊，她要反串董卓，體型倒是現成的，不必加妝了。」

溫寶裕懊喪：「甚麼啊，反串倒是反串，只不過她老家人要反串呂布。」

我先是一怔，接着忍不住哈哈大笑了起來——紅綾雖然學識過人，但是，「鳳儀亭」這個呂布、貂蟬和董卓的故事，她就不知道了，她自然也無法想像，胖得如此這般的溫太太，若是反串呂布，一出場會有如何笑死人的效果。

我呆了好一會，小郭也笑得岔了氣，兩人才齊聲道：「對不起，實在忍不住。」

溫寶裕悻然：「不要緊，要不是我的老娘，我會笑得在地上打滾。」

我怕溫寶裕難堪，忙轉入正題，問小郭：「你查了兩天，一點消息也沒有？」

小郭道：「對，有很多人看到他們登上了一輛新型跑車離去，那種車，全市不超過三架——」

我道：「等一等，這米博士，他不是在本市工作的吧？他從哪裡來？」

小郭雙手一攤：「沒有人知道他真正從哪裡來，他用德國護照，上一站，是哥本哈根，職業是醫學院研究員——那輛車子，他是抵步後才買的，用的是一種很少人持有的無限額信用卡。據說，用這種信用卡，去購買飛機，只要有現貨，波音公司也會讓持卡人把七四七駕走。」

我點了點頭，道：「好極。」

小郭陡然緊張起來：「你想到了甚麼？」

我搖頭：「沒有甚麼。」

我並不是賣關子，而是在這時候，我確然還沒有想到甚麼。

我想到的只是：這樣的一個人，一定不止是一個醫學院的研究員那麼簡單，他一定大有來歷，他是一個醫生，最可能的特殊來歷是甚麼呢？

溫寶裕和紅綾兩人，畢竟年輕，他們的腦筋，動得比我還快，兩人循我的思路想下去，一下子就想到了，他們一起叫了起來：「勒曼醫院！」

我點了點頭——一個怪醫生，行為如此不尋常，又有無比雄厚的財力做後盾，那麼，除了是來自勒曼醫院之外，不太可能來自第二處。

而勒曼醫院，那是比任何權力中心更高的權力中心——雖然它自己從來也不標榜這些，但是事實上它是，因為它掌握了人的生命，理論上來說，是可以使人一直健康地活下去。

而地球上所有的權勢掌握者，夢寐以求的，就是長命百歲千歲萬歲，而勒曼醫院掌握了這種本領，自然也令得所有的權勢掌握者在它的面前俯首稱臣。

我和勒曼醫院雖然有過很多次交往，他們也對我十分厚待，但是他們真正的宗旨，我還是不甚了解。他們並不吝嗇替某些人延長壽命，甚至更換身體，消除歲月逝去對身體引起的老化等等。但是我卻未曾聽說他們承諾過甚麼人，可以永遠不死（理論上他們完全做得到這一點）。

在勒曼醫院之中，我肯定有不少外星人在，但是他們真正的目的，我也說不上來，只能說，他們志在研究地球人的生命形態。但看來又不像是想藉此達到控制地球的目的。他們像是一羣世外高人，與世無爭，但一旦有爭，勝利必然在他們這一方，可以說無所不能。

那大亨，再是大亨中的大亨，但是和勒曼醫院一比較，也是微不足道。尤其，當他面臨生死關頭時，若是知道有一處所在可以令他活下去，只怕叫他爬到格陵蘭去，他也願意。

（我當時確是如此想的，根據的是「人之常情」。）

小郭也叫了起來：「勒曼醫院！」

他叫道，現出古怪的神情來，顯然他也想到，和勒曼醫院相比較，那大亨不算是甚麼。

他吸了一口氣，望向我：「你和勒曼醫院，可以隨時聯絡——」

我明白小郭的意思：「雖然如此，但是動不動就去麻煩人家，也不很妥當。」

小郭哭喪着臉：「幫我一幫！要是再找不出那女人來，大亨他——」

我有點惱怒：「你有點出息好不好，找不到那女人，他能把你怎麼樣？」

小郭苦笑，仍是一副可憐巴巴的神情望着我，我只好道：「好，我替你問一問——」

正説着，忽然聽得樓下傳來老蔡的大聲吼叫——剛才我們一定太專注於討論了，以致誰也沒有留意到有門鈴聲響。而老蔡，耳越聾，説話也越大聲，難得他年紀老邁，但是中氣充沛，聲音洪量。

只聽得他先是吼叫了一聲：「你姓甚麼？」

來人的回答，全給他吼叫聲的餘音蓋了下去，又聽得他再吼：「你沒吃飽是怎麼的，説響亮一點，姓甚麼，姓又不是偷來的，怕甚麼高聲説。」

這才聽到了來人的説話，來人的話，頗出人意表，只聽得一個很悦耳的男聲道：「老先生，我的姓，還真是偷來的呢。」

一時之間，在我書房中的幾個人，包括我在內，都不知道來人這句話是甚麼意思。

當然，也沒有人去進一步想，只當來人是在隨口開玩笑而已。

老蔡又在叫：「你說甚麼，我聽不懂？」

「聽不懂」和「聽不見」大不相同，來人於是再提高聲音，應道：「我姓米，請問衛斯理先生在嗎？」

這「我姓米」三字，一入耳中，我們幾個人，都陡然怔了怔。

只聽得老蔡已在惡言趕客：「姓米，還姓飯姓麵哩。走！走！沒衛斯理這個人！」

老蔡真不像話，以前，至多告訴人我不在家，現在恃老賣老，竟說沒有我這個人了。

我已打開了書房門，向下看去，小郭、紅綾和溫寶裕，也一起跟了出來，只見大門口，老蔡不但說，而且，一手老實不客氣地推來人的胸口，要把來人推出去，來人一副無可奈何，莫名其妙的神情，竟不知如何分說才好。

這時，我們都已看清，來人是一個極其俊美的青年人，令人一見到他，就賞心悅目之至。小郭首先叫了起來：「米博士！」

這一叫，令來人抬起頭來，更顯得他劍眉朗目，氣度不凡。小郭這一喜，真是非同小可，口中發出沒有意義的叫聲，竟然和溫寶裕少年時的行為一樣，急不及待，自樓梯扶手上直滑了下去。

四、人人生命都七拼八湊

當然，來人一抬頭間，人人都可以看到，他正是照片上的米博士。

小郭連跌帶衝，到了門口，老蔡咕噥着自顧自走了開去，米博士望着喘氣喘得出不了聲的小郭，神情遲疑地問：「衛先生？」

小郭忙道：「不是，不是，你要找的衛先生是他。」

小郭向我指來，這時我正下了樓，看得出米博士大大地鬆了一口氣，顯然，若是他要找的衛斯理，竟是這一副狼狽相的話，那麼，他會大失所望了。

我也來到了門口：「米博士，請進。」

他大是訝異：「衛先生，你竟認識我？」

我道：「不認識，但是我們正在討論有關閣下的一些事情。」

米博士像是全然不知道自己成為他人的話題，是一個神秘人物，他有點摸不着頭腦地笑着。

他向內走來，又正面遇上了溫寶裕，兩個青年，都是英俊挺拔，倒也分不出誰更勝一籌來，只是看起來，米博士成熟得多。

米博士先向溫寶裕一笑，然後道：「你好，前幾天，我見過一位體重遠超標準的女士，是令堂吧？」

溫寶裕大是訝異：「我長得和她很像？」

溫寶裕是有點像母親，可是米博士一見，就說得如此肯定，這也不免令人詫異。

米博士道：「有好幾個遺傳上的特徵，可以肯定這種親子關係，我是專攻遺傳學的。」

溫寶裕「哦」地一聲，伸出手來：「溫寶裕。」

米博士和他握手：「米寄生。」

直到那時，我們才知道米博士的名字，這名字，聽來很是怪異。

紅綾也大踏步走了過來，米博士一眼看到紅綾，就明顯地怔了一怔，立時又向我望來，接着又去望她，神情大是疑惑。

我不禁有點緊張：「她和我的父女關係，也有遺傳特徵可尋吧！」

米博士道：「有……有，毫無疑問，你們是父女，可是，可是，可是……」他連說了三下「可是」，又伸手拍打着自己的腦袋，又道：「我真是不明白了。」

紅綾佻皮，學着他的腔調：「你是專攻遺傳學的——怎麼也不明白了？看來，你的學業成績並不怎樣！」

米博士被紅綾取笑得俊臉通紅，他道：「這……是甚麼特變，這種特變——」

紅綾悠然道：「可以說是『傍徨變異』的其中一種。」

只見米博士皺着眉，思索着，在他的知識記憶庫中運作腦細胞，想消化紅綾的這句話。

我對於遺傳學自然是連皮毛都不甚了了，但是我卻佔了便宜，我知道紅綾的經歷。

我知道所謂「傍徨變異」是遺傳學上的一個專門名詞，由達爾文提出，意思是生物體內細微的連續性的變異，是自然選擇，逐漸累積而成——也就是說，那是擺脫了生物遺傳性影響的一種變異。

紅綾是我和白素的女兒，她自然秉承我們的遺傳，在她身上，和任何其他生物一樣，當然也可以有一定程度的「傍徨變異」，但是她曾經過她外婆的「特殊處理」，這其間，起了些甚麼變化，我也不得而知，總之，是起了很大的變化。

而米博士不愧是專家，一眼就看出了這種變化——那是極個別例子的突變，所以超乎他一切的所學，這才令他詫異難明。

過了足有一分鐘之久，米博士才道：「定律是環境變異，不能超越遺傳因素。」

紅綾道：「定律沒有錯，問題是你永遠不能知道任何人的遺傳因素究竟到達甚麼程度。」

米博士看來有點癡癡地，把紅綾的話，重覆了三遍之多，才又點頭又搖頭。點頭，自然是表示他同意了紅綾的說法，可是為甚麼又搖頭呢？

只聽得他道：「任何人的遺傳因素，都可以弄明白。」

紅綾搖頭道：「不能。」

米博士一張口，看他的神態，是想說「能」，可是張大了口，還沒有發出聲音來，他的神情，就開始猶豫，先是呆了一呆，接着，自然而然，搖了搖頭。紅綾笑了起來：「不能。」

米博士像是受了催眠一樣，也跟着道：「不能。」

這種情景，看得我和溫寶裕，又是駭異，又是好笑，竟一句也插不上嘴去。

米博士又喃喃地道：「不能?能?不能?」

紅綾道：「人的遺傳因素，和其他生物不同，是因為人有『傍徨變異』的因素，每一個人都有，所以每一個人都不同，每一個人所接受的遺傳，若作上溯追尋，簡直無可窮根究底，一代又一代，每一代都有一點因素影響着這個人，而這些因素，又全是不定因素，無由統計歸納——每一個人都是不同的，許多『不同的』湊合在一起，變成更大的，無法數計的『不同』，這就是人類性格複雜無比的原因，不像是別的生物，只根據相同的，固定的遺傳因素生活，人不同，人——」

紅綾一口氣說到這裡，略停之一停，不單是米博士，我和溫寶裕也屏氣靜息地聽着——紅綾在說的，雖然是一個極專門的話題，但是她並不使用特別深奧的名詞，所以我們全可以聽得明白。

紅綾續道：「人的遺傳因素，是七拼八湊，受了許多上代的遺傳而得的，無法百分之一百確知，每一個人都有屬於自己的變異，但是極少，這好像……好像……」

紅綾皺着眉，一時之間，找不到適當的譬喻。

我接了口：「以前有一種兒童的玩具，叫作『七巧板』——這種玩具現在已經絕跡了。七巧板是七塊形狀不同的木板，可以拼成一條魚，一隻狗，一間屋子等等，組合的方式很多。組合成每一個人的遺傳因素，不止七個，而是七百個，七千個，甚至更多，所以也有無窮無盡的組合——複雜到了難以計算的地步。」

紅綾道：「是，就是這樣，在我身上的變異，雖然比一般人多得多，但是還遠未曾超過我本身所得的遺傳。」

溫寶裕忽然道：「照這樣説，每一個人，豈不是根本沒有自己，只是許多上一代遺傳的七拼八湊？」

米博士點了點頭：「理論上如此，但若是遺傳因素是『隱性』，個人所得的變異『顯性』，那麼個人就比較突出，但完全想擺脱遺傳因素，那對地球人來說，是絕無可能之事，因為地球人的生命，根本上是通過上一代孕育出來，不是憑空產生的。」

話題忽然變成了專門去討論遺傳學了，但卻又是自然而然發展出來的，所以我們並不感到意外，而討論又很是熱烈，有許多值得深思之處，所以一時之間，反倒把米博士的來意忘記了。

米博士興奮地搓着手：「真太好了，這一番討論，解決了我的一個大難題。」

溫寶裕好奇：「你的難題是——」

米博士道：「本來，我假設通過對遺傳因素的探索，可以把一個人的行為探索出來。」

溫寶裕叫了起來：「當然不能，每個人雖然由許多遺傳因素形成，但多少還有一點，屬於自己成長過程中的變異產生。」

米博士道：「要剔除一個人本身所產生的變異容易，但這個人十七八代老祖宗，人人都有個人變異，早已作為遺傳因素，溶進了這個人生命之中，卻絕對無法找出來一一清除，所以，就算不清了。」

我用力搖了搖頭：「我們的生命，既然來自上一代，有上一代的遺傳，也沒有甚麼不好。」

溫寶裕欲言又止。我道：「有甚麼意見，但說無妨。」

溫寶裕道：「說出來，有點『大逆不道』——我們的生命來自上一代，新生命本身，絕無選擇的可能，所以生命形成，當有了認識，想認清自己的面目時，發現見到的全是十七八代祖宗的影子，想擺脱而不能，這……對於不想擺脱的人來說，自然不成問題，但是對於想擺脱的人來說，就痛苦之至了。」

溫寶裕常有極其古怪的想法，這時，他的這種說法，就怪異莫名，叫人不知如何反應。

溫寶裕又道：「傳說中的哪吒，剔肉還給母親，把骨還給了父親，以為自己做得夠徹底了，但是他這樣做，還是擺脱不了上一代的遺傳因素。」

溫寶裕的話，雖然怪異，但是各人都無法不同意他的說法是對的

米博士喃喃地道：「所以，作為地球人，最好不要有這樣的想法。」

紅綾卻道：「為甚麼會有這樣的想法呢？人的生命都是從上一代來的，為甚麼要擺脫上一代的影響呢？」

溫寶裕大聲道：「不是『影響』，影響可以擺脫，也可以選擇不接受，但是遺傳因素卻根植在人的每一個細胞之中，驅不散趕不走。」

紅綾仍然道：「為甚麼要想到把上代的遺傳因素驅散趕走呢？」

紅綾和溫寶裕，自從相識以來，兩人對於事物的意見，我未曾見過他們有不同的意見。可是如今，在這個問題上，顯然發生了極大的分歧。

溫寶裕一眨眼：「為了『自我』，每一個人都應該有自我，而不是七拼八湊拼出來的東西。」

紅綾一步也不讓：「你所謂『七拼八湊』，有看不起的意思在？那你錯了，形成生命的各種遺傳因素，都以極其精密的組合律在進行組合，其複雜和精密的程度，至今還未能了解千分之一。」

溫寶裕一揮手：「就是因為太精密了，所以成了一個沒有人可以突破得的籠子，把人困死在其中——許多人會習以為常，但有思想突破這一牢籠，或想突破這一牢籠的人，就會痛苦莫名。」

溫寶裕說得極其認真，一點也不像他平時說話時那種嬉皮笑臉的樣子。

紅綾一揚眉：「小寶，其實你有這種想法，也是遺傳因素的作用——你的上代之中，必然有人曾有過類似的，同樣的想法，或是你的上代中，有人曾做過對抗遺傳因素的努力，或是反叛性特別強，所以才令你有了這樣的想法。」

溫寶裕冷笑：「好笑之至，請問，我的那一位『上代』，他的想法又是從何而來的？」

紅綾道：「也來自他的上代——一代又一代，在遺傳因素的控制之下，但是也滲進了各種變異，這種變異，又形成對下一代的遺傳因素，所以，每一個人，還都是不一樣的，人人都受遺傳因素控制，但人人也可以在自已的生命中加上變數，成為獨特的自我。」

溫寶裕仍是不服：「在籠子中的自我？」

紅綾道：「這籠子就是生命，而且，就是思想，除非甚麼都不要，像陳長青如今在追求的那樣。」

我剛想到，遺傳因素的控制，當然不單及於人的身體，也及於人的思想，紅綾就說出了那一番話。

溫寶裕陡地吸了一口氣：「陳長青！」

米博士不知陳長青何許人也，我們全知道，陳長青如今在追求的是生命的大解脫，生命的終極——甚麼都不再存在，自然也擺脫了遺傳因素的羈絆。

溫寶裕在叫了一聲之後，道：「或許，真只有像他那樣，才能有真正的大解脫。」

我心中一動：「這正是陳長青說過的：就算死了，也不算是解脫。」

米博士忽然冒出一句話來：「和你們說話，真有意思，應該早認識你們。」

溫寶裕瞪着米博士：「貴客自遠方來，所為何事？」

米博士還沒有回答，我便道：「且慢，小寶，你何以那麼想要擺脫遺傳因素，你有甚麼不滿意之處？」

溫寶裕攤了攤手：「到目前為止，還沒有甚麼不滿意，只是一想到自己本身，竟是這樣一個不可變改，無從選擇的組合，心中就有說不出的不舒服。」

米博士訝道：「你的這種想法真怪，一般來說，生物對於遺傳因素，都欣然接受，不會有任何抗拒的情緒。」

我也正由於感到小寶的這種情緒很怪，所以才急於要聽他說明白的。

溫寶裕苦笑：「誰知道，或許這是不知道哪一個上代所給的遺傳因素，忽然發作了。」

紅綾道：「不，我看這是你自身所產生的變異，也是屬於『傍徨變異』的一種。」

溫寶裕沒好氣：「是，再變下去，我會變成一個三頭六臂，滿地亂爬的怪物。」

紅綾卻並不表示甚麼，只是側着頭看溫寶裕，彷彿他真的會變成那樣子一樣。

我吸了一口氣——溫寶裕有這樣的情緒，我確然認為很怪，但當時也無法作進一步的設想。事實上，我確也曾作過進一步的設想，我的設想是，由於才發生了陳長青的事，或許他受了影響。

（陳長青的事，記述在《解脫》這個故事之中，是才發生的事。）

我只是略想了一下，就轉過了思緒，望向米博士。

這時候，在一旁的小郭，有半晌沒出聲了，我們在討論的時候，我留意到他，有一度顯得很不耐煩，但我們說得熱烈，他也難以插進嘴來。

這時，他實在忍不住了，陡然大聲叫：「你把朱槿帶到哪裡去了？」

我一聽到他那麼問，心中陡然一動，失聲道：「甚麼朱槿，你說甚麼？」

小郭順手拿起筆來，就在我的桌上，寫下了「朱槿」兩個字，每個字足有拳頭大小，然後，盯着米博士，等待他的回答。

從第一次我聽到自小郭的口中，說出「朱槿」這兩個字時，我就知道，那是一個名字，是那個和米博士一起離去的女主人，也就是如今大亨急於要找出來的那個女人的名字。而我之所以要追問，是由於這個名字，給了我相當程度的震動。

在小郭寫出了這兩個字之後，我的震動，更加肯定了。

這不算是一個怪僻的名字，尤其是單名盛行的今天，但那也是一種花的名字。

朱槿，又名扶桑，俗稱大紅花，是很美麗又很普通易生長的一種花卉，不論是單瓣還是複瓣的，都極美麗，花期極短，朝放夕謝，但是在花期植株，花開不斷，是很受歡迎的花卉。

朱槿，這個名字，和海棠、黃蟬、秋草、水葒、柳絮……一樣，是花名，而有一個字是姓——這種方式命名的女性，據說一共有十二人，都有極特殊的身分，是受過匪夷所思嚴格訓練的特殊人才。

難道令大亨念念不忘的美女，也正是這十二個人之一，是黃蟬、海棠她們的同類？

我雖然沒有說甚麼，但我的神態有異，小郭先是一怔，接着，他也明白了，他「啊」地一聲，指着桌上的名字：「她……她是……她是……」

他由於驚駭過甚，一時之間，竟然說不下去。

米博士卻道：「是，她人美，名字也美，對不對？」

我吸了一口氣：「你可知她是甚麼來歷？」

米博士答非所問：「我知道她的來歷，但那和通常所說的『來歷』，大不相同。」

小郭怒道：「你別故作玄虛，說些人聽不懂的話——你為甚麼去找她？她現在在哪裡？」

小郭聲勢洶洶，米博士雖然不生氣，可是也皺着眉：「閣下是——」

我替小郭作了介紹，米博士並沒有甚麼特別的反應，卻顯然不很友好：「郭先生奉命找人，要我提供線索，態度方面，好像不怎麼對勁。」

他說得不慍不火，小郭悶哼了一聲：「算我不會說話，朱槿在哪裡？」

米博士一攤手：「我不知道。」

小郭壓着怒意：「你要是落到了大亨手中，再說這四個字，只怕你的腦袋，就不能像你的名字，不能再寄生在你的脖子上！」

米博士曾自報姓名叫「米寄生」，小郭是拿他的名字在調侃他。米博士也不生氣：「你說的『大亨』，就是朱槿的丈夫？」

我看米博士很有點不通世務，心想很多科學家都有這樣的情形，所以也不以為意，只是糾正了他的話：「他們不是丈夫和妻子的關係，美麗的女人，是大亨的寵物——這種情形，在所多見。」

米博士聽了我的話之後，「哈哈」一笑：「是麼？」

他這時的神情，卻又大有高深莫測之妙，令我也有點摸不着頭腦。而接下來，更有我意料不到的進展，他問小郭：「有甚麼方法，可以使我『落到大亨手中』？」

小郭陡然一怔，看他的神情，是把米博士當成瘋子了，所以一時之間，說不出話來。

我知道其中必然有許多我不知道的關鍵在，所以我忙道：「等一等！」

我不問米博士何以竟然在帶走了大亨的女人之後，還希望自己「落在大亨的手中」，我先問：「請問，你來找我，是為了甚麼？」

米博士的回答很痛快：「我的一個朋友說，如果我有難以解決的困難，可以來找衞先生。」

我「哼」了一聲：「令友是誰？」

在這樣的情形之下，米博士實在沒有理由不說出他那朋友是誰，可是他偏偏道：「我答應過我朋友，他要我千萬不能提他的名字。」

竟然會有這樣的回答，連我也不知如何應付才好，小郭連聲冷笑，溫寶裕忍不住「哈哈」大笑了起來，紅綾問我：「爸，可以這樣子麼？」

我也只好笑：「各人有各人的行事方式，我們也不能一定勉強人家。」

我的話，擺明了是在譏諷米博士，可是他居然十分同意：「衞先生真是明白人。」

我啼笑皆非：「不，我是糊塗人——請問，你有甚麼難題？」

米博士道：「我想見朱槿的丈夫——就是你們所稱的大亨，可是見不到他。」

這句話一出口，我們幾個人，都先呆了一呆。接着，小郭首先轟笑起來，指着米博士，笑得幾乎岔了氣。我也為之愕然。

小郭可能是「受刺激過甚」，一急之下，說起他的母語上海話來，他對我道：「該檔碼子阿是神經有毛病，講話顛三倒四，瞎七搭八。」

我也有同感——因為在做了帶走了朱槿這樣的大事之後，米博士他應該是躲着大亨，唯恐大亨找到他才是，如何他會去求見大亨，反倒見不着。

米博士的神情，也大是訝異——他是看到了我們在聽了他的話之後，反應如此奇特，所以才訝異的，他多半沒聽懂小郭的上海話，所以問：「事情有不對頭的地方，是不是？」

溫寶裕道：「太不對頭了——你應該躲避大亨的追殺，怎麼反倒要去見他？」

米博士道：「事情是這樣的，本來，我就是有事要去見……大亨，可是見不着，這個人……比國家元首還要難以見得着。」

五、臉紅耳赤

米博士的這一句話，小郭倒是大表同意：「是，這個大亨，可以說是世界上保護自己，保護得最好的十個人中的首三位，別說你去見他，就是他要見你，要見到他，也是不容易之至。」

小郭曾見過大亨兩次，他在對我敍述時，曾一再強調，「要見到大亨不易」，並且很想把詳細過程告訴我。可是我沒有興趣聽，兩次都要他略過算了。

這時，小郭又這樣說，由此可知，要見大亨，真的不容易之至。

這個大亨，如此保護自己，一半是為了安全的理由，另一半，我看也是為了故作神秘，抬高身分的造作。

要見他是如何一個困難法，且不去說它，米博士又道：「於是，有人告訴我，一個方法，可以見到他。」

我悶哼一聲：「先說這個『有人』是甚麼人，再說是甚麼辦法。」

米博士現出為難的神情：「這……這個人……就是教我有難題可以來找衞先生

的那位……我答應過他，不能說出他是誰來。」

我相信在場的人，不單是我，都想重重地給米博士一拳，好叫他說話爽快些，別像豬油煮芋頭一樣，糊成一團漿，化也化不開。

可是我也知道，這種脾性的人，你越是急，催他快說，他越是吞吐含糊，只有讓他自己說，還有可能把事情說得清楚。

所以我作了一個手勢，令各人稍安，但是我也不由自主嘆了一聲：「好，不說便不說。」

米博士還真是像怕我們逼他說出來一樣，聽得可以不說，居然大大鬆了一口氣，真叫人啼笑皆非。

溫寶裕還是忍不住問了一句：「那人教你甚麼方法，可以見到大亨？」

其實，還有一個問題，更重要些，那就是問他有甚麼事要見大亨，但溫寶裕已經先問了，也就由得他。

米博士道：「那人告訴我，大亨有一個極其寵愛的女人，是一個出色的美女，名字叫朱槿，住在——」

他說了一個地址，正是溫媽媽去造訪的女主人的住所，小郭叫了起來：「那人竟叫你藏起朱槿，等大亨來找你算帳？」

也難怪小郭怪叫，若是有人這樣教米博士，那些真是狗屁軍師之至，而米博士居然會聽他的，其愚蠢程度，也是超級的了。

米博士忙道：「不是，不是，那人教我，見了朱槿，請她轉告大亨，我要見他，大亨既然寵愛美人，美人的話總會聽的，誰知我對朱槿一說，朱槿格格笑，說：誰出了這樣的毒計，又害你又害我，你是這樣的一個美男子，我若是替你說話，大亨不但不聽，反倒必然懷疑你我有甚麼曖昧關係，一怒之下……」

米博士略頓一頓：「她倒沒說大亨一怒之下會怎麼樣，大亨會怎樣？」

米博士問得天真，小郭悶哼一聲：「不會怎樣，你那麼天真活潑，他會把你送進幼兒園去。」

米博士居然聽出那是在調侃他：「郭先生開玩笑了。」

這時，我越聽越奇，我心知事情一定另有極古怪的內情在。但撇開深處的內情不說，單是浮面也發生的事，也就夠古怪的了——且都出於常理之外，不但古怪，而且奇趣迭生，在在出人意表。

我問：「那你就——」

米博士道：「我自然就依址去拜訪朱槿，過程倒也順利，進了屋子，除了朱槿這個大美人之外，還有一位……女子，就是這位溫先生的令堂大人。」

溫寶裕「哼」了一聲：「真不巧。」

米博士一呆，不知道溫寶裕這樣說是甚麼意思，我卻明白，溫寶裕是說，如果不是他母親那時正好在場，事情就不會和我們發生關係了。

我向溫寶裕道：「結果一樣。」

溫寶裕眨了眨眼，也立即明白了我的意思——米博士受人指教，有難題來找我，可知事情遲早會發生到我們身上來的。

米博士也沒有問我們在打甚麼啞謎，他續道：「我寒暄了幾句，還沒有說到正題，朱槿就說有人找我，要我打電話過去，我就去打電話——」

他說到這裡，略頓了一頓，不等我發問，就道：「這一節——打電話來的是甚麼人，叫你甚麼事，我……也不能說。」

紅綾又好氣又好笑，叫了起來：「喂，你這個人——」

我阻止了紅綾：「由得他，且聽他說下去。」

我對於米博士的這種行為，自然也不滿意之至——是他有事來求我幫忙，可是卻這個也不能說，那個也不便講，當真是混帳之至。但是我已想好了對付的方法，所以暫時由得他去。

紅綾也就不再出聲，米博士卻自顧自地說下去，不知道他的行為，已犯了眾怒。

他繼續道：「我一聽電話，原來是有急事——」

他說到這裡，又頓了一頓，小郭冷冷地道：「至於是甚麼急事，當然又是不能說。」

米博士連聲道：「是，是，那……不能說。」

溫寶裕也冷笑：「好，那你就揀你能說的說吧！」

米博士像是覺得他的聽眾，有點不滿的情緒，但是他仍然照他自己的方式說下去：「有急事我必須離去，在離去之後不久，我就發現我的一本記事簿，忘在電話的旁邊，我當時是取出來查一個電話號碼的，於是我就折回去拿，記事簿中，有許多重要的資料——」

他說到這裡，溫寶裕陡然伸手，在自己的頭上重重打了一下，那「啪」的一聲，且十分響亮。

這幾個人中，只有我知道溫寶裕這一下動作是甚麼意思。他是在後悔自己把那筆記本中的所有資料，都清除掉了。

若是不清除那些資料，留着慢慢看，對米博士這個人，至少可以多一點了解，總比如今受他這不說那不說的氣來得好。

我於是向溫寶裕搖了搖頭，表示「寧可他不仁，不可我不義」，偷窺他人的資料，始終是宵小之所為。

米博士十分有趣，周遭的人，對他有甚麼反應，他大而化之，並不理會，這時也沒有注意我和溫寶裕的小動作，自顧自說着。

他又道：「等我回去，見了朱槿，她卻說筆記本不在她那裡，她又說了一些……一些話……」

說到這裡，米博士的俊臉，竟然迅速紅了起來，而且忸怩不安，神態很是怪異。這種情形，看在我和小郭眼中，雖然知道是怎麼一回事，但是卻也實在難以相信。

米博士嘆了一聲：「她說的那些話，古裡古怪，不合情理，我也不便覆述……」

小郭冷笑道：「你雖然是人見人愛的美男子，但是她也不見得會立刻向你示愛吧！」

我也料到，米博士說不出口的一些話，必然和風騷美麗的女主人有關，必然是成熟的女主人風言風語，說了些男女之間的風話，所以米博士才會臉紅。

果然，小郭這樣一說，米博士連耳朵，脖子也都紅了，他雙手亂搖：「這……也不致於，她只是說，如果她留下了我的筆記簿，給她男人知道了，一定會以為我和她有曖昧的關係，所以她才給了人，她說的時候，確然……很好看，好看……之極。」

小郭本來準備好好地取笑米博士一番的，我也不反對，可是，這時，我們都傻了，因為看來，米博士空自貌比潘安，在男女之情上，他竟像是一竅不通，而且，純情得就像是小孩子一樣。

他這時說女主人朱槿「好看」的口氣，就像是深山古廟中的小和尚，第一次見到美麗的女人一樣。

我早就覺得米博士有點不通世務，可是也料不到竟至於這種程度。

在這種情形下，小郭倒也不好意思再取笑下去了，他同意：「是，她是一個很好看的女人。」

米博士又臉紅耳赤了好一陣子，說不出話來。紅綾用目光詢問：「他怎麼啦？」我、小郭和溫寶裕都不知如何回答才好，溫寶裕道：「想也是那美麗的女人，說了令他難堪的話。」

怎知米博士真是呆頭鵝到了家，他忙否認：「不，不，不令我難堪，只是……她的身子靠過來……軟綿綿地，可是卻……燙得像一團火。」

我更是奇上加奇，看起來，朱槿這個美婦人，對米博士這個美男子的引誘行為，有超乎想像之外者，我問：「她就靠着你說話？」

米博士更是尷尬之至，又掙扎了一陣子，才道：「我們可不可以不討論這個問題？」

若不是米博士的態度反應太奇特，這種男女之間的旖旎風光，我們也沒有興趣去尋幽探秘。這時，米博士竟至於出言求我們別再問下去，我們自然也不好意思窮追猛打，各自互望一眼，連紅綾也知道，米博士折回去找筆記本，和女主人單獨相處時，女主人頗有些出軌的言語和動作，不足深究。

我點頭道：「請說下去。」

米博士臉上的紅雲，這才稍褪，他道：「我心急要去找回筆記本，可是她卻說不急，又要我喝酒，又……我也不知怎樣，覺得不願離開，就和她閒談，她忽然問起我去找她做甚麼，我才想起了去的目的。」

米博士說來，不是很流暢，但是也把一個初見美色者的情景，說得活靈活現。奇就奇在，這種情形，發生在未經人事的少年身上，就十分自然，米博士看來也二十九三十歲了，如何還會這等情狀？只好說那美麗成熟的女主人，實在太熱情奔放了。

米博士又道：「我把去見她的原因說了，她一聽之下，先是不信，待到證實了，她就笑起來，笑得……笑得……」

他說到這裡，臉又紅了起來。

我心知女主人一定笑得花枝亂顫，說不定，軟成了一團，倒在美男子的懷中，此情此景，倒也很是動人。

米博士吸了一口氣：「笑了好一會，她才說我是個大傻瓜，然後就說，是誰教我這法子的，我……我……我……」

他連說了四個「我」字，一副手足無措的樣子，竟難以為繼。

溫寶裕和小郭異口同聲低罵：「白痴！」

我道：「你不是講過，不能說那人是誰的嗎？」

米博士神情忸怩尷尬之至，忽然伸手在自己耳朵上撫摸了一下，結結巴巴道：「是……不能說的，可是……可是給她……給她……一問，我……我就說了。」

我們都知道在「給她一問」之間，還大有文章在，而且多半和他的專業有關，但自也不便深究，只是氣憤他對我們甚麼也不說，可是一入了美女的迷魂陣，卻又甚麼都說了！

小郭和溫寶裕又道：「真有出息！」

小郭更加了一句：「只道是英雄難過美人關，原來狗熊也一樣！」

溫寶裕立時幫腔：「好看的狗熊也一樣。」

兩人並非在竊竊私語，米博士顯然聽到了兩人的對話，可是他的神情，就像是全然聽不懂兩人所說的內容，只是不解地眨了眨眼，就自顧自說了下去。

他道：「我一把那人說了出來，朱槿她笑得更歡了，她說：『好麼，原來是大水沖倒了龍王廟，一家子人，鬧到一起去了！』我不知道她這樣說是甚麼意——」

他說到這裡，停了下來，望向我們，大有挑戰的意味，像是在問我們，是不是明白朱槿那樣說，是甚麼意思。

溫寶裕和小郭，都是又好氣又好笑，都想出言狠狠譏刺他一番。

但在這時，我已經看出點情形來了，我看出這位「專攻遺傳學」的博士，當真在人情世故方面，說得好聽，像小孩子，而實際上，就像白痴一樣！

而且，他自己不通世務，也以為別人也不通，所以才會有這種情形出現。

我做了一個手勢，制止了溫寶裕和小郭，很正經地向米博士道：「她的意思是，教你來找她的那個人，和她是相識，是自己人！」

米博士拍着手：「正是這麼說，真有意思——大水沖倒了龍王廟，多麼生動。」

我們真正啼笑皆非，只好瞪着他，聽他說下去。

他又道：「朱槿一面笑，一面告訴我，我的辦法，一點也不好，不過來找她，卻是找對了。她說，這個人……你們叫他為『大亨』的，很難對付，連她對他，也捉摸不定，不過有一個方法，一定可以成功，不但能見她，而且，他會趕着來見我。」

米博士說到這裡，神情又有些忸怩，我失聲道：「是她……是她叫你帶她走的？」

米博士點頭：「是啊！她說，她也不知道大亨是不是真的在乎她，要是我和她一起離去，大亨若是着急，一定會全世界找她，我就可以見到大亨了。」

事情原來是這樣子，那真的出乎我們意料之外，在未明事實之前，誰都會以為是米博士把人帶走的，甚至是誘拐走的。

可是事實上，原來那是朱槿自己的意思！

我們互望了一陣，看來小郭對米博士的印象極壞，所以一開口，出言也毫不留情：「哼，你們這幾天，一直在一起？孤男寡女，乾柴烈火，還有甚麼事做不出來的？你要去見大亨，等於找死！」

我想阻止，可是小郭話已出口，果然，米博士聽不懂小郭的話，不明白「乾柴烈火」的暗示，睜大了眼，在等小郭作進一步的解釋。

我忙道：「這幾天，你們做了些甚麼？」

米博士「哦」地一聲：「她帶我去見那個叫我來見她的那個人——」

這一句，連我也不耐煩了，喝道：「你這樣說，不是太麻煩了嗎！」

米博士想了一想，居然道：「沒有辦法，除非我把那個人的名字說出來，可是我又不能說。」

此言一出，紅綾忽然長嘆一聲，溫寶裕忙問：「何事興嘆？」

紅綾一面嘆一面道：「我還以為有人是在假扮白痴，原來是真白痴！」

我沉聲道：「紅綾，你才和他討論過那麼深奧的遺傳學。」

我有責怪之意，紅綾立時驚覺，再嘆了一聲：「是我不對——可是我說的話卻沒有錯。」

大家都不出聲，顯然是默認了紅綾的話。只有米博士，像是沒聽到一樣，繼續說他自己的事，他又道：「他們見了面之後，自顧自說話，我一句也不懂他們的話，他們，他們說話的神態，都好看之至——」

我一揮手：「那個你不能說名字的人，也是女性？」

米博士略怔了一怔，才道：「是，女性，也是極好看的女人，不過不如……不如朱槿那樣……」

小郭道：「不如那樣對你親熱，是不是？」

米博士漲紅了臉，說不出話來。

我問了一個很是嚴肅的問題：「你和她，親熱到了甚麼程度？」

米博士瞪大了眼望着我，也不知道他是不懂我的問題，還是不知道該如何回答才好。

我嘆了一聲：「你要去見大亨，如果你和朱槿親熱過，根本見不到他，他就會有一千多種方法，以令你消失無踪！」

這白痴一樣的米博士，聽了我的話之後，居然不信。搖頭道：「會不會……」

小郭怒道：「會不會，你一試便知。」

米博士道：「我試過了……」

此言一出，又大大出乎我們意料之外。

我們都覺得事態嚴重之至，要是米博士就這樣糊裡糊塗送了小命，那可是冤枉之至，可是他卻說來輕巧，已試過了！

紅綾問：「試過了，怎麼樣？」

米博士皺着眉：「別說見他了，就算是打電話去想他聽，也是難上加難，我努力了兩天多，才算是和他通了話，可是只說了兩句。」

我們都大是好奇：「你沒有說你和朱槿在一起？」

米博出道：「說了啊，從他第一個秘書接電話起，我就說了」。

溫寶裕問：「總共有幾個個秘書？」

米博士道：「我也不知道，至少轉了二十多個，有好幾次，還是叫我留下電話號碼，等候通知，我每次都說：我想見大亨，我和朱槿見過，朱槿說她不見了，大亨會找她，通過我可以使朱槿出現——直到最後，大亨來聽電話，我才說了開頭，他就大罵我，把電話掛上，我再試圖聯絡，就不成功了！」

一直到聽完，我們才同時想起了何以會有這種情形出現。

想那大亨，是何等精明之人，但越是精明之人，思想上便越是容易有盲點。在他想來，若是有甚麼人拐帶走了他的女人，那必然是天涯海角，避之唯恐不及，哪裡還會有送上門去找死之理？

所以，他根本不信米博士所說，以為那是甚麼神經病人的胡扯！

米博士大惑不解的事，答案一揭曉，就是如此簡單，這令得我們明白人，都忍不住「哈哈」大笑了起來。米博士卻還在問：「我做錯了甚麼？」

我心想，若是米博士連這種事都不明白，那是很難令他在短期間明白的了，於是我也不向他說明，只是道：「你要見大亨，為了甚麼？」

米博士搖頭，我不禁跳了起來，喝道：「那你來找我，是為了甚麼？」

米博士道：「我想通過你，可以見到大亨！」

通過我，要見大亨，或者仍然很困難，但恰好小郭在，小郭是大亨的委托人，他要求見大亨，當然一定可以見得着的。

所以我道：「不成問題，可是，你要見大亨，是為了甚麼？」

這已是我第好幾次提出這個問題了。

而米博士仍是搖頭：「我不能說。」

我反倒笑了起來，對小郭道：「你帶他去見大亨，應該沒有問題吧！」豈止沒有問題，簡直是小郭求之不得的事，但是小郭明白我這一問的意思，他道：「沒有問題——可是他又不說出為了甚麼去找大亨，我不會帶他去！」

小郭在這樣說的時候，冷冷地望正了米博士，米博士發急道：「我是真的不能說啊！」

小郭學着米博士的腔調：「我也是真的不能帶你去啊！」

米博士向我望來：「教我來找你的那人，可沒說你會……會刁難我！」

我氣往上衝：「教你來找我的那人，可曾告訴你，我這人最恨人家說話吞吞吐吐，不明不白，遇有這樣的人，我豈止刁難而已，還會把他趕出門去！」

一番話說得米博士的臉色，一陣青一陣白，而小郭、紅綾和溫寶裕，都大大吁了一口氣，顯然他們也想責斥米博士，彆了很久了！

我們都不出聲，看米博士如何應付這個局面，我也作了趕走他的打算。

六、木頭人

過了一會，米博士才嘆了一聲：「我真的不能說，對不起了，打擾了，我告辭了！」

他連說三個「了」，搓着手，現出一片很是愁苦的臉容來。這種情景，紅綾首先感到不忍，她道：「等一等，我爸還沒趕你走，你先撤退幹嗎？」

米博士可憐兮兮地望向紅綾：「還有希望嗎？」

小郭看到他要走，也大是發急，因為他自己送上門來，若是走了，不知上哪兒找他去，所以他立時又問：「再問你一遍，你為甚麼找大亨，說是不說？」

米博士咬着下唇，神情堅決，搖了搖頭。

小郭生氣：「難道你見了大亨，你也不說為甚麼去找他嗎？」

米博士道：「見了他，我自然會說。」

小郭趕緊找下台階：「好，到時再說，也是一樣！」

米博士卻眨着眼，一時之間，還不知道小郭這樣說是甚麼意思。

紅綾忍不住推了他一把：「你這木頭人，他——」

紅綾只是隨便說一句——在場的所有人，根本沒有覺察到有甚麼不對頭，而且紅綾純粹是在幫他，可是紅綾的話才說到一半，所發生的變化，卻令我們目定口呆，只見米博士的神態，陡然之間，變得緊張之至，跳了起來，雙手亂揮，連聲音也變了，急急分辯：「我不是！我不是！你別這樣叫我！」

一時之間，所有人盡皆愕然，紅綾定過神來，大聲道：「我叫你甚麼啦？」

她順口叫了一聲「木頭人」，是因米博士的言行反應，確然類同白痴，叫他一聲「木頭人」，是形容他的痴呆無知，那是很客氣的了。

給米博士如此強烈的反應一打擾，紅綾根本想不起曾問他為甚麼來了。

我冷眼旁觀，心中大奇，心知米博士的異常反應，是由「木頭人」這一稱呼而來，但是我卻無法想像何以他對這個稱呼，如此敏感。

小郭和溫寶裕也奇訝不已。我吸了一口氣：「孩子，剛才你稱米博士為『木頭人』！」

紅綾道：「那又有甚麼了？」

奇就奇在，米博士在發了一陣神經之後，忽然又象沒事人一樣，連聲道：「沒甚麼……我是……反應遲鈍點，沒甚麼！」

紅綾道：「可是你剛才，像是有人踩到了你的尾巴一樣，怪極了！」

紅綾才從蠻荒回到文明世界時，說話、行事、也都是一板一眼，直到和溫寶裕之類相處久了，這才能說會道起來的。

這時，米博士又大是尷尬：「尾巴？我──何來尾巴？」

我想起紅綾初學說話時的情形，不禁心中一動。

我想到的是，米博士一定是在一個極其奇特的環境之中長大的。

像紅綾，她在蠻荒之中，和猴子一起長大，她是個野人，她具有高度的在野外謀生的本領，可是對於文明社會中的一切，一無所知。

米博士的情形，雖然不同，但原則上是一樣的──如果他是在一個只接觸到科學研究的環境之中長大，那麼，對於人情世故，自然一竅不通。如果他接觸到的，全是有關遺傳學的科學名詞，那麼，自然也聽不懂一般人常說的俏皮話！

問題是：米博士究竟是在甚麼樣的環境中長大的呢？實在令人難以想像。

這時，紅綾顯然也想到了這一點，和我互望了一眼，兩人都搖了搖頭，不得要領。

紅綾道：「剛才郭先生的意思是，他願意帶你去見大亨！」

米博士一聽，大是高興：「太好了，太好了！我們甚麼時候去？」

我們幾個人都看着他，心中所想的，是同一個問題：他和大亨之間，看來扯不上任何關係，可是他卻那麼急切要去見大亨，為甚麼呢？

這個問題，現在難以有答案。

小郭道：「你先別高興，見了他之後，我怕你沒有命離開！」

米博士笑：「怎麼會呢？」

小郭不由自主搖着頭，因為他想到很難向米博士解釋明白。他想了一想：「我話說在前頭，大亨托我找朱槿的下落，你是和朱槿一起離開的，單是你去，沒有用處，要和朱槿一起出現才行！」

我明白小郭的意思。一來，朱槿若是出現，他的任務就算完成了。二來，朱槿出現，大亨就算暴怒，美人自然有方法以柔克剛，令大亨怒消，那麼，米博士惹的禍，也可以消弭於無形了。

米博士聽了，卻面有難色，他說出來的話，更是混蛋之至，他道：「我……也不知道朱槿去了何處！」

小郭怒道：「這像話麼？」

米博士急急分辯：「那個人……叫我去找朱槿，和教我來找衛先生的那人……」

我道：「是一個女人，是同一個人！」

米博士點頭：「她和朱槿一見，兩人果然是相識，可是情形很怪……我也說不上來，她們就走了，也沒告訴我上哪兒去——」

他說到這裡，我們幾個人，都已忍不住冒火，我用力一揮手，向小郭道：「把他帶到大亨那裡去，讓大亨去對付他，我再也不要見到這個人！」

溫寶裕補充了一句：「和這種人多說幾句話，晚上一準會做惡夢！」

紅綾嘆了一聲，顯然她也有同感。而我的厭惡，已經現於面上，小郭瞪着米博士，米博士卻還是一副懵然不知發生甚麼事的樣子，望着我們，道：「好啊，這就去見大亨，終於能見到他了！」

雖然我有給他一個耳光的衝動，可是看到他這一副天真無邪的樣子，也出不了手。

而和這種吞吞吐吐的人説話，會令人感到十分疲倦，所以我只是揮了揮手，連口也懶得開。

小郭因有任務在身，無法可施，無奈何大喝一聲：「走吧！」

米博士卻十分有禮，向我和紅綾、小寶，一一鞠躬為禮，告辭道別。

等到他和小郭走了之後，溫寶裕大大地吁了一口氣，叫了起來：「我的媽啊！」

我笑：「令堂可對他欣賞得很！」

溫寶裕苦笑：「可能女性看他，另有角度，和我們不同。」

他説着，斜睨向紅綾。紅綾忙道：「別看我，這種人，我無法欣賞，甚麼話都只説一成，甚麼東西！」

我也想不到，米博士來了之後，會是這樣子。事情就算本來沒有甚麼神秘，也變得神秘起來了。

溫寶裕也有同感，他自言自語地問：「米博士和大亨，簡直如同不同星體的人，米博士會有甚麼事，要去找大亨呢？」

紅綾學着米博士的神態，學得十足：「啊，這個可又不能說。」她的模樣，把我們逗得全都笑了起來。在笑聲中，我用力一揮手，表示這件事，和我們無關，就此算了！

溫寶裕嘆了一聲：「我還要把那筆記本還他，難免再見他一次，想起來就犯膩。」

溫寶裕用「犯膩」這樣的感覺，來形容和米博士相處的情形，倒真是確當無比。

我這時，也和剛才溫寶裕打自己的頭時有同感：「早知他是這樣的人，不該把他的資料清除掉！」

溫寶裕忽然高興起來：「對了，他來要筆記本，可以叫我媽出面，那我就可以不必再見他了！」

溫寶裕性格爽朗，自然怕對這一類溫吞水的人，我和紅綾，看到他那種如釋重負的情形，不禁好笑。

溫寶裕告辭離去，紅綾和他不知有甚麼話要說，也跟了出去，不一會，白素回來，我把事情源源本本對她說了，她聽得很認真。

我是完全把這件事當作笑話來說的，說完之後，結論是：「這個人，看上去無一處不討人喜歡，可是和他一接觸，卻無處不令人討厭，真是兩個極端！」

白素卻不在意米博士，她很突兀地問：「對大亨這個人，外界知道多少？」

我呆了一呆：「知道他是超級大亨，如此而已。」

白素道：「這個人……外界對他的所知，實在太少，不論對他如何估計猜測，對他實際掌握的勢力，所知只怕不足十分之一。」

我揚了揚眉——若是旁人如此說，我一定斥之為誇大其詞了，但是白素如此說，我知道她必然有根據，所以我並不出聲，等她說下去。

白素皺着眉：「受他直接影響的國家執政者，至少有三十個之多，其中還包括有意想不到的大國在內，近十年來，世界上幾件大事，決策人之中都有他的份，而且他的意見，起主導作用。」

我搖頭，表示不很肯定這種說法：「他憑甚麼可以做到這一點？」

白素並沒有立即回答，我又道：「如果說，勒曼醫院做到這樣，我絕不懷疑，因為勒曼醫院掌握了人的生或死，可以起死回生，自然有人聽話從命，可是，他憑甚麼？」

白素吸了一口氣：「我現在還無法回答你這個問題，但是他的影響力，確然不可忽視，照你說米博士是一個純科學家，怎麼有甚麼事非見他不可？」

我對這個問題，已經作過許多解釋，我選了其中一個最可以接受的說了出來：「或許是有一個極其龐大的科學研究計劃，需要他的支持，或是需要他運用影響力。」

白素沉吟半晌，才緩緩地道：「也許是。」

我又道：「你剛才對大亨的形容，非常空泛，是不是有甚麼具體的例子可以說明他的勢力？」

白素道：「有，一個小國在製造核武器，引起世界糾紛，那小國的背後撐腰人，就是他。」

我大奇：「這種事，你何由得知？」

白素遲疑了一下，才道：「我也是聽說的——上次北上，為了紅綾和金福闖禍的事，你我曾分開了些日子，我在這段日子中，遇到了一些人：其中一個，負責刺探該小國的核子情報，那人是一個很出色的情報人員，是他告訴我的，我記在心中，印象很深。」

我吸了一口氣：「其人竟有那麼大的勢力，真是匪夷所思，米博士去找他幫忙，不是與虎謀皮嗎？」

白素笑：「也很難說，不是有許多毒販子在作善事嗎？或許他喜歡沽名釣譽，那麼米博士若有所求，就正投其所好了。」

我悶哼了一聲，沒有再說甚麼。這時，天色早黑，離小郭和米博士離去，已有六七個小時了。

我和白素晚餐已畢，已不準備再討論這件事，心中在想，是不是要花點功夫，搜集一下大亨的資料——這方面，我相信我的朋友小納，可以幫我的忙。

小納的職務，越來越高，全世界的情報網，有一半以上，和他有聯絡，通過他來了解，應該是最理想的了。

正在想着，白素遞了一杯酒給我，門鈴響起，白素去開門，看到小郭臉色鐵青，走了過來。

他直走向我，一伸手，搶去了我手中的酒，一口喝完，看他的樣子，像是想順手把酒杯摔碎，但總算揮了一下手，把杯子重重放下。

他恨恨地道：「真氣人！」

我和白素都不出聲，白素拿起杯子，再斟酒給他，他接過來，又一口喝乾，抹了抹口，我畢竟性子急，問：「見了大亨，情形如何？」

小郭頓足：「哪有那麼容易見得着，左等右等，換了七八個地方，腳底的皮都走脫了一層，才算是有了回話，大亨只見姓米的一個，叫我回去聽消息，像打發甚麼似的，真他媽的不該接這委托！」

原來小郭是受了委屈！

這大亨的架子也未免太大了。

我奇怪：「他何以會見米博士？照說，沒有你在一旁，大亨不會見他。」

小郭雙手捧了頭，過了一會，才道：「其中有一點情形，我不是很明白，所以來找你商量研究。」

我道：「請細說從頭。」

小郭深深吸了一口氣，這才把他和米博士離去之後的情形，說了一遍。

為了方便小郭隨時報告情況，大亨給了小郭一個電話號碼，作聯絡之用。那電話的接聽者，當然不是大亨本人。

（溫媽媽那次打電話去，能和大亨本人對話數句，這簡直是罕有的奇遇。）

而他帶着米博士去找大亨的過程，我必須像觀看錄影帶時，練習「快速前捲」的方式，把過程儘量簡化，因為若是詳細寫，雖然經過也頗有趣味，但是整個故事的篇幅，至少被佔去了一半，那就不成其為故事了。

當然，在簡化的過程中，有趣的部分，我還是不會放過的。

小郭雖然是大亨的委托人，但是他要找大亨，仍然經過曲折（他上兩次見大亨的經過，我沒耐煩細聽，所以不知道，但也大抵類此）。

電話打通之後，一個女聲問明了他是郭大偵探，再問他聯絡密碼——那是大亨隨意給他的一個八位數字，都説對了，那女聲給了小郭一個地址。

小郭帶着米博士，按地址前往，那裡原來是一個豪華之至，規模極大的俱樂部，附設賭場，人頭湧湧，烏煙瘴氣，聲音喧嘩，米博士亦如初進大城市的鄉下孩子那樣，拉着小郭的衣服，一副不知所措的神態。

在那裡，一個極妖艷的年輕女郎，把他們帶進了一間小房間之中，那女郎熱情美麗，可是當她退出之後，米博士卻搖了搖頭，自言自語道：「差遠了！」

小郭好奇：「甚麼差遠了？」

米博士道：「和朱槿相比，剛才那女的差遠了！」

這種話，出自米博士之口，大大出乎小郭的意料之外，所以一時之間，小郭不知如何反應才好。

而就在這時，突然燈光熄滅，眼前一片漆黑，同時，有輕微的震動。

米博士聲音駭然：「地震！」

小郭雖感意外，但總算立刻知道是怎麼一回事，他道：「不，我們是在——」

一時之間，他也說不出該怎麼稱呼自已身處之所——那當然不是升降機，而是一間會移動的小房間，在外面來看，可能是一隻大箱子，箱子外面有些甚麼油漆裝飾，他自然不得而知。

他感到那「小房間」移動了一陣子，就靜止了，接着，燈光再亮，可是明顯地，可以感到「小房間」在動——被載在一輛車子上在移動。

小郭苦笑了一下：「別緊張，我們會見到大亨！」

大亨不讓人知道他身在何處，要見他的人，都要通過他的種種佈置，等終於見到他的時候，根本不知道身在何處——後來小郭才知道，有一個人在本地求見大亨，幾經轉折之後，和大亨會面完了，一個偶然的機會，看到了窗外的天空，竟看到了一具張開雙臂的巨大的耶穌像，聳立在一個山頭上，你說，他到了何處？

米博士的神情奇絕：「每一個人去見他，都要經過這樣的過程？」

小郭悶哼了一聲：「絕大多數人，根本見不到他！」

米博士點頭：「是，我就見不到他。」

小郭在這時候，總算拾回了幾分自豪感，米博士又問：「他這個人是不是好相處？我有一件事和他商量，不知道他是不是肯答應？」

米博士這樣問的時候，居然很是誠懇，小郭望着他，心中已罵了幾百聲「大白痴」，這才冷冷地道：「那要看你向他求甚麼！」

米博士現出很是為難的神情，過了片刻，才嘆了一聲：「我不能告訴你！」

小郭喝道：「那就閉上你的鳥嘴！」

這一句俚語，分明又超乎米博士的理解水準之上，所以他瞠目不知所對。

小郭的觀察力極強，他自然知道，米博士的這種情形，一定和他的生活環境有關，於是他設詞套取一些具體的情形，他先閒閒地問：「研究所的工作忙不忙？」

米博士長嘆一聲：「一天就算有兩百四十小時，也不夠用，真怪，離開研究所一陣子，發現世人竟然如此浪費時間，真是不可思議之至，每一個人一生的時間有極，上天對人的生命，吝嗇之至，所以人的生命，每一秒鐘，都無比可貴，世上沒有甚麼事，比可以節省一秒鐘更重要，我們在研究所，一直用這樣的觀念來對待生活，但是出了研究所，我看到所有人都在毫不憐惜地浪費時間，那是把生命虛擲啊！」

小郭絕想不到，自已隨便問一句，便會惹出對方的長篇大論來。

他很同意米博士的說法，也深切感到世人對於有限的生命，在拼命浪費的現象，很令珍惜生命的人感嘆，但是他有一種極度的無可奈何之感：「大家都是那樣，或許，這本來就是生命的經歷方式！」

米博士大搖其頭，顯然，他絕不同意小郭的話，仍然為這種現象表示痛心：「浪費了一秒鐘，這一秒鐘，便永遠不再來了！」

小郭心中一動，揚了揚眉：「生命，其實是可以有延長之方的！」

小郭這時想到，米博士這個人古古怪怪，不知道會不會和勒曼醫院有關。他這句話本意是試探一下，若米博士和勒曼院無關，他一定會訝異地反詢，若有關，就會認為理所當然。

米博士的反應，居然屬於後者，他道：「就算可以延長，也不是永遠，少了一秒，就是少了一秒——這是鐵定不移的事實。」

小郭心中怦怦亂跳，因為憑一句話，他已試出米博士果然真的和勒曼醫院大有關係，他緩緩地道：「連你們也沒有法子使生命變成永恆？」

米博士皺着眉，這個問題，本來不難回答，「能」或「不能」，二者任擇其一。可是米博士卻像是遇上了甚麼大難題一樣，想了一會，才嘆了一聲，搖頭道：「我不知道，生命若是永恆，那就不是生命了。」

小郭惘然：「甚麼意思？」

米博士道：「生命的意思，就是有開始有結束的一個過程，所以，不存在永恆這回事，若有永恆，那就不能稱之為生命！」

小郭把這一段和米博士的對話過程，說得十分詳細，我和白素聽了，也不禁皺着眉。

我們都同意米博士的說法，若是永恆，那根本不叫生命，是生命，必有結束的期限。

小郭當時，雖覺此說十分新鮮，但也大是同意，所以點了點頭。

米博士看來並不是不肯說話，他那些不肯說的話，相信有真不能說的苦衷在。

這時他又道：「別說是永恆，就算是生命，脫出了遺傳的規範，這生命……也就……也就不知道能不能稱為生命了！」

七、變異的可怕

小郭聽了大奇，坦承：「我聽不懂你的話。」

米博士道：「譬如說，蜉蝣的生命，遺傳給牠的規範是二十四小時，其中忽然有一隻，竟然把生命延長到了七十二小時，你設想一下，這隻長命的蜉蝣，在多出來的四十八小時之內，如何生活？牠的生命，還算是甚麼生命？」

這問題古怪之至，而且想深一層，也驚心動魄之至。

我和白素聽小郭說到這裡，自然立刻轉念，去思考這個問題。

可是這問題，一時之間，倒也不好回答——小郭當時的情形，也是那樣，所以他支吾這：「這算甚麼問題，蜉蝣有甚麼時間觀念？」

米博士卻不肯接受小郭的回答：「假設，郭先生，假設有一隻蜉蝣，突破了遺傳的規範，生命變成了七十二小時，那便如何？」

小郭沒好氣，心想這「白痴」，一到辯論起這類問題來，非但不傻，而且詞鋒咄咄逼人，他故意作搗蛋式的回答：「那麼，這隻倒霉的蜉蝣，就會肚子餓！」

誰知米博士的反應，十分熱烈，他道：「是啊，這就成大問題了，蜉蝣由於生命短暫，身上的消化系統早已退化。也就是說，牠的一生之中，根本不需要進食──那是牠的遺傳規範，一旦失了常，當牠想進食時，牠發現自己根本沒有進食能力，牠就不知自己該如何才好了。」

小郭哈哈笑了起來：「那麼，這隻蜉蝣，就只好餓死算了！」

米博士仍然很是正經：「豈止餓死而已，更悲慘的是，當其他的蜉蝣，都依照遺傳的規律死去之後，這一隻就孤伶無依，找不到同伴，沒有另一隻來和牠交配，牠成了天地之間，最可憐的生物。」

小郭呆了片刻：「我只知你是科學家，不知道你還是文學家！」

米博士卻又默然不語，小郭忍不住問道：「你和我說起這些，有甚麼目的？」

米博士道：「沒有甚麼目的──我只是研究遺傳學的，所以深深感到，生物如果離開了遺傳的規律，是一件可怕之極的事，連蜉蝣這種小生物，尚且如此，脫軌的情形，若是發生在人的身上──」

他說到這裡，竟然不由自主，打了幾個冷顫──可知他心中想到的情況，可怕之至。

小郭說到這裡，向我和白素望來。

他顯然是在問我們，是不是可以想像一下這種遺傳「脫軌」的可怕情形。

我閉上了眼睛一會——還全然未曾去深入地想，就已經感到了一股寒意，因為那是極難想像的事：人就是人，人要是脫離了遺傳的規範，那當然不再是人，那麼，這是甚麼呢？

人的遺傳規範是兩隻手，兩隻腳，若是忽然不依照這個遺傳規律，變成了和昆蟲一樣，六隻腳了，那麼，他自然成了怪物。

在這種情形下，那「怪物」不但不能算是人，而且，也絕對無法在人類社會中生存。

我壓低了聲音：「這確然是很可怕的事——我認為，米博士這樣說，一定另有用意在。」

小郭道：「我也這樣想，可是猜不透。」

我望向白素，白素緩緩搖了搖頭，也不知道米博士的話，寓有甚麼深意。

小郭繼續說下去——這時，他們處身的房間，靜了下來。小郭道：「大概快到了！」

說着，又覺出了一陣移動，且有三四下相當劇烈的震動。然後，房門打開，又是一個極美麗的女郎用舞蹈般的步伐打開門走進來，聲音動聽之極，作了一個手勢：「請米博士！」

米博士站了起來，小郭也跟着站起，可是那女郎卻向小郭發出了極動人的微笑：「只請米博士！」

小郭十分惱怒：「我受委托——」

那女郎不等小郭說完，便把一張支票，交給了小郭：「閣下被委托的任務已完成了，而且完成得很好，這是閣下的酬勞，對閣下的委托結束了！」

小郭低頭一看支票，數字比他想像中的高得多，他當然滿意之至。可是同時，他的自尊心，也受到嚴重無比的打擊。

而且，他也為米博士的安全而擔心，所以他提出了抗議：「不行，米博士是我帶來的，我要對他的安全負責。」

那女郎巧笑倩兮，美目流盼，極盡妍態，可是說的話卻令小郭苦笑：「米博士的安全，絕無問題，閣下若要堅持，只怕反倒有問題了！」

小郭被窒倒說不出話來，那女郎已向米博士伸出手去，玉指纖纖，要牽着米博士的手離開，但米博士卻不解風情之至，忙不迭縮手，連聲道：「我自己會走！」

那女郎抿着嘴笑，兩人就這樣打情罵俏似地走了出去，小郭還未決定是不是要硬來，門已關上。

小郭明知硬來也沒用，長嘆一聲，坐了下來。和來的時候一樣，經過一段時間，門又打開，出現的又是上一次那個女郎。

那女郎笑得更甜，小郭跟她走出去，又處身於那俱樂部之中。

一來一去，他連到過甚麼地方都不知道！

而米博士是否見到了大亨，見了大亨之後，又發生了些甚麼事，他自然更不知道了。

他鼓了一肚子氣，一離開俱樂部之後，立刻來找我，把經過說了出來。

我和白素在聽完了他的經過之後，不禁苦笑——這件事，一開始就叫人摸不着頭腦，現在更叫人摸不着邊兒了，面對小郭疑惑的目光。我只好攤了攤手，說不上甚麼來，難以為他解釋疑因。

白素在一旁道：「總算弄明白了一點：米博士和勒曼醫院，似乎有一定的關係。」

小郭立刻慫恿我：「是啊，和勒曼醫院聯絡一下，或許可以知道來龍去脈。」

我卻不願意這樣做。雖然，我可以和勒曼醫院隨時聯絡，但是這件事，看來和我一點關係也沒有。我若是去問他們，那純粹是為了好奇，好像不是怎麼好。

我把這一點說了，白素當然不會勉強我。小郭卻道：「也不能說與你無關，姓米的找上門來求你，恰好我在，他才見到了大亨，事情如何發展，還難以預測，我們要求多了解一些情況，也很應該。」

我想了一想，就拉開抽屜，拿起了電話來，那電話號碼，任何時候都有人接聽，我提出：「有一位米寄生博士，有事來找我，他和貴院可能有關，若有關，我想知道關於他的一切。」

那邊答應儘快給我答覆，小郭還不滿意：「儘快，是多快？」

我沒好氣：「可能一天，可能一年！」

小郭看到我很不耐煩，也就不敢言語——我確然極不耐煩，但是我自己也不知道是為了甚麼原因，或許，是米博士和小郭談話間所提出來的問題，還在困擾着我：若是遺傳因素脱了軌，會怎麼樣呢？

我重重頓了一下腳，小郭看到情形不對，想要告辭，抽屜的電話，卻又響了起來。

我一按下掣，就聽到了一個熟悉的聲音——這位勒曼醫院中的醫生，我雖然未曾和他見過面，但是通過許多次電話了，最近的一次，是在《還陽》這個故事的結束部分，所以我一聽聲音，便知他是誰，他的聲音聽來年輕、活潑，很予人好感。

他大聲向我招呼：「你提及的那個人，不屬於我們醫院。」

我想了一想：「他的來歷，你們不知道？」

我得到的回答是：「這個人的身分，頗為神秘，他和我們之中的一員有聯絡，或者說，我們之中的一位，和他有聯絡——」

勒曼醫院中有不少是外星人，我不知道和我對話的那個是不是外星人，但是他說話的方式，很是奇特。剛才他所說的話，乍聽，沒有分別，但仔細想想，卻略有不同。

我道：「你的意思是——」

對方答道：「我們在一起，雖然大家都為同一目標而工作，但互相之間，絕不干涉他人的其他行動，所以院方並不知道詳情，只知道米博士頗不尋常而已。」

我望向小郭，小郭作了一個手勢，我猶豫了一下：「是不是能請那位和米博士有聯絡的朋友，和我作一次對話，由我來問他一些問題？」

對方聽了之後，停了半晌，才道：「在一接到你的電話之後，我們當然盡可能幫你，已經和他聯絡過，可是他的答覆，不會令你感到愉快。」

我苦笑：「說來聽聽！」

對方又停頓了一下（大約是怕我難堪），這才道：「那位說：叫衞斯理別多管閒事，他管得太寬了！」

這種話，聽了之後，確然令人不愉快之至。我哼了一聲：「不是我管閒事，是他來找我的！」

我得到的回答是：「請等一等！」

我心中實在很生氣，我和勒曼醫院的交往，自從一開始的那些誤會冰釋以來，一直很愉快，這次為了不相干的事，竟會出現這樣的局面，真令人氣沮。

過了一會，才又聽到了那活潑的聲音，他先是嘆了一聲，才道：「那位說，他沒有叫米寄生來找你，叫米寄生來找你的，另有其人，不關他的事！」

我怒道：「為甚麼要你傳話？叫他自己來對我說！」

對方笑了起來：「我早代你這樣提出來了，可是那人的回答是：『我不想改變聲音，而我如果不改變聲音，他一聽就認出我是甚麼人，也知道事情和甚麼事有關，而目前我們在進行的事，不想別人知道，所以，免了！』你看，我也無法可施了！」

我「嗯」了一聲，覺得也沒有必要再說下去了，就道了謝，結束了通話。

小郭也搶着道：「那人說你能認得出他的聲音！」

我揮了揮手，令小郭不要出聲。事實上，我一聽得這樣說，就已經在想：那會是誰？

勒曼醫院中的人，我接觸過的不算少，一一想來，都有可能。

白素卻道：「不必想了，想出了是甚麼人，也沒有甚麼意義。」

我道：「不，那人不是說了嗎，一認出了他是誰，就可以知道他們是在進行甚麼事了！」

白素笑：「可是，你怎能想出是甚麼人來？」

我吸了一口氣：「有了那麼明顯的線索，要是想不出那是甚麼人來，好去死了──我要把記憶之中，和我說過話的每一個勒曼醫院中的人，都揪出來，逐一分析，直到把他找出來為止。」

小郭「唯恐天下不亂」，立時拍手：「好，我幫你，運用電腦分析判別。」

人的脾性，很難更改，常言道：「江山好改，本性難移」，就是這個道理。這件事，本來和我沒有甚麼關係，不是小郭苦苦哀求，我還懶得打電話給勒曼醫院。可是勒曼院中的那傢伙這樣對我，我就非把他找出來不可。

我道：「不致於要勞動電腦，我說了，大家詳細研究就可以了。」

於是，我一樁樁地記述出來，自然是從《後備》這個故事，開始和勒曼醫院接觸起。

開始沒有多久，我就感到白素的分析很有理——我這樣做，一點用處也沒有，因為我所能掌握的資料，實在太少了。

我所掌握的資料是：這個人的聲音，我聽了之後，可以認得出來，僅此一點而已。而一上來我連說了幾個人，他們都曾和我說過話，我也都可以認出他們的聲音來。而接下去，再說出來的人，個個都一樣，根本無法判斷是我要找的人！

所以，我說到一半，就不想再說下去了。

可是這時，白素卻又鼓勵我：「全記述下來，再慢慢來分析。」

我沒好氣：「把金月亮拐走的那個叫甚麼名字？哼，這些外星人，沒一個是好東西！」

白素厲聲道：「別那麼說，沒有他們，我們找不回寶貝女兒來！」

我一想，這倒也是事實，那一段驚心動魄的日子，現在想起來，仍不免心跳加劇。

我道：「自那次之後，我和勒曼醫院，沒有甚麼聯絡，最近一次——」

說到這裡，我心中陡然一動，霍然站了起來，重重一掌，拍在桌上。

小郭忙道：「你想到甚麼了？」

我望向白素，再問小郭：「你知道我記述過的，那個題名為『還陽』的故事？」

小郭點頭，白素也發出了「啊」地一聲，我忙問她：「你想到了甚麼？」

白素道：「你先說。」

我道：「在《還陽》這個故事中，那一男一女，自大樹中爆裂而生的木頭人，結果如何，不得而知，但事後我曾請教於勒曼醫院，和醫院通話的過程中，有一個傢伙兇狠狠地說，那是他們若干年之前實驗的結果——」

白素很肯定地道：「就是這個人。」

我遲疑了一下：「何以見得？」

白素道：「其一，這個人你最近才聽過他的聲音。其二，一聽到他的聲音，你立刻會想起《還陽》這個故事中記述的事情。其三，你想想米博士在聽得紅綾說他是『木頭人』這件事的反應！」

我用力揮手，大聲道：「不錯，就是他！」

紅綾順口說了一聲「木頭人」，米博士聽了，反應如此強烈，自然是事出有因。其「因」，就是他如今的活動，和木頭人有關。

在《還陽》這個故事之中的木頭人，不是普通的木頭人，曾經接觸過這個故事的，不必多說，知道是怎麼一回事。未曾接觸過的，三言兩語，實在說不明白，且試試以最簡單的方法來作可以使人明白的說明！

話說若干年前，有人（自然是外星人，這外星人如今在勒曼醫院，也就是和米博士有聯絡者）把人的最初生命形式，和樹的最初生命形式結合，使它們一起成長，結果，經歷千年，孕育出兩個木頭人來——人的外型，木的體質。這兩個人從種種現象來看，具有生命，甚至思想，但是卻又是木頭人。

那外星人曾說，他使那兩個木頭人還陽，在生命的形式上接近人。

我不知道他將如何去進行，自那次通話之後，我們也一直沒有再聯絡過。

那兩個奇異的木頭人的擁有者，是一位名叫黃蟬的美女，這美女的身分，是超級特工，神通廣大，權勢非凡，在《還陽》這個故事之後，我和白素，都又曾和她有過數度接觸。

但那全然是為了另外一些事，在經過的過程中，誰也沒有提起過「木頭人」的事。

那兩個木頭人本來在黃蟬的手中，那個外星人不知是不是已經將之弄到了手？還是和黃蟬在合作，一起進行令木頭人還陽的工作？

如果黃蟬在這件事中有份，那麼，另外一些謎團，也跟着有了答案。

第一，叫米博士以接近朱槿的方法去見大亨的人，極有可能是黃蟬。

第二，叫米博士有了難題來找我的人，更有可能是黃蟬。

第三，朱槿，這個獨特的名字，她的真正身分，真的可能和黃蟬一樣——米博士不是說了，兩個人一見，「果然是認識的」嗎？

這些問題，都有了答案，新的問題是：何以在這件事中，會有米博士參加？以及，何以米博士非找大亨不可？

雖然疑問還在，但是整件事，都已大大地邁進了一步，我和小郭，都很是興奮。

小郭道：「這就有了頭緒了，可以假設，米博士在進行的事，和那兩個神奇的木頭人有關。」

白素和我，都表示同意。白素補充了一句：「那兩個奇妙的人，毫無疑問，是一種新的人類，他們雖然生命之中有植物的因子，但是和『第二種人』，卻又有不同。」

小郭自然知道甚麼是「第二種人」，那是我曾遇到過的另一種人類，他們循植物進化的途徑，而演變成人，有植物的特性。

這第二種人存世的極少，起先他們混居在人類之中，但是當他們發現動物的侵略性和植物的自保性，絕對無法混成一體之後，他們已經所剩無幾，餘下的少數人，也就隱居到了深山野嶺。

用他們其中一個的話來說：我們生性平和，和你們生性兇殘不同，要比鬥，我們絕不是敵手，所以只有退避，避到再見不到一個人的所在去。

這幾句話，說來極是痛心，我也同意他們如果不這樣做的話，很快就會遭到絕滅的命運，所以並未阻止，而自此之後，我再也沒有見過他們中任何一個。

如今我們在討論的「木頭人」，自然和「第二種人」不同，因為「木頭人」一半是人，有人的遺傳因素，自然也有人的特性。

在《還陽》這個故事之中，已經說明，當他們還在樹身之中的時候，他們的思想，已有能力和人作直接的交流，若不是大樹被砍了下來，他們裂樹而出時，不知是甚麼樣的狀態。

這兩個「木頭人」，白素對他們的印象特別深，在那件事中，她還和黃蟬成了好友，所以這時，她提了一個小抗議：「他們不應該叫『木頭人』，叫『樹人』比較妥當一些。」

確然，「木頭人」一詞，頗有負面之意在，不是十分尊敬的稱呼。

我首先贊成：「好，『樹人』這個稱呼不錯。」

小郭揮了揮手：「總之是和他們有關——奇的是，那外星人為甚麼要利用米博士出馬來進行？他自已為甚麼不行動？」

我道：「他沒有出來活動，不表示他沒有行動，我估計他是有借助米博士的專長之處。」

小郭道：「米博士的專長是遺傳學——勒曼醫院中的外星人，難道自己力猶未逮，還有甚麼事，有需要地球人來幫忙的？」

我本來就對米博士存有很大的疑惑，這時聽了小郭的話，心中陡然一動：「你何由而肯定這個米博士是一個地球人？」

小郭張大了口，但是他忽然笑了起來：「你故事中的外星人夠多了，不要又冒出一個來。」

我一揚眉：「我也沒有說他是外星人！」

小郭一怔：「剛才你說——」

人的念頭，有時是突如其來的。在我向小郭說「你也不能肯定他是地球人」之際，我對於米博士的身分，還並沒有一個設想，只是覺得他必有古怪而已。

但等到和小郭對話的這短短時間內，我已經形成了一個概念。

我道：「不是外星人，也有可能不是地球人——『第二種人』是地球人，但是，『樹人』你說，是不是也能算是地球人？」

八、顯性和隱性

我此言一出，小郭發出了「啊」地一聲驚呼，白素卻現出了微笑——那表示她也想到了這一點。

小郭在低呼了一聲之後，神情怪異莫名：「你的意思是，這位米博士，他……他就是那種……在大樹中爆裂出來的……怪物？」

白素皺眉：「你看他的樣子，像怪物嗎？」

小郭叫了起來：「可是他實在是怪物啊！」

我道：「先別判別他是甚麼，我提出來的，只不過是我的假設。」

小郭團團亂轉，顯得十分激動：「請你進一步補充你的假設！」

我點頭：「好，『樹人』是若干年前，外星人在地球上的一項行動——」

小郭悻然：「這……簡直是開地球人生命的玩笑！」

我苦笑：「哪有甚麼辦法！誰叫人家進步，我們落後，自然只好人為刀俎，我為魚肉。」

小郭講起粗話來：「我對他媽的那種外星人，一點好感也沒有！」

我哼了一聲：「我也沒有，可是你聽我講完了再說好不好？」

小郭恨恨地一頓足——我很明白他的心情，我自己也一樣。那外星人的這項結合人和大樹的行為，確然是開地球人生命的玩笑。

在他們而言，或者可以稱之為實驗，而且，看來好像對地球人來說，也沒有甚麼損失，但實際上，是對地球人的生命的一種莫大的侮辱。

試想，他們能把人的生命和樹的生命結合成一起，還有甚麼做不到的？要是忽然他們一高興，把人的生命和毛毛蟲的生命結合起來，那會產生甚麼？地球人在這種胡亂結合之前，還有甚麼尊嚴可言？

小郭又道：「不行，得設法阻止才行！」

小郭這個人，一旦情緒化起來，也真的衝動得可以。我想說甚麼，還沒有開口，白素低聲道：「只怕已經來不及了！」

我和小郭，不由自主，同時打了一個冷顫，一起向白素望去。

白素緩緩地道：「沒有人可以知道，有多少不同種類，不同形式的『怪物』，早已產生了，這些『怪物』混在地球人之中，可能已有好幾百年，好幾千年了！」

小郭現出一片迷惘的神情，我忙道：「是啊，看看人類的歷史，記載着的一些『人物』，幾乎全是各種各樣的『怪物』，而普通人，根本沒有人留意！」

小郭聽了之後，勉強笑了一下：「原來你們是在說寓言啊！」

白素向我略施眼色，我會意她不想再就這個問題討論下去，所以我把話拉了回來，把剛才的開場白，又說了一遍，這才繼續道：「這外星人的行動，可能不止一樁，那一男一女，由於大樹被砍下來而失敗了，但是另外，會有成功的例子在！」

小郭駭然：「你是說，有可能，不知在甚麼時候，不知在甚麼荒山野嶺之上，有一株大樹，會突然爆裂，跳出一個人來？」

我點了點頭：「這是可能的情形之一，也可能有別的情形。」

小郭大聲道：「別嚇人了！」

我道：「不是嚇人，而是有一些事，使我發生一些與之有關的聯想，例如，常有報道說，在某地，被人挖出了人形的植物來——多數是『何首烏』，那是一種藥物。」

小郭嚥了一口口水。確然，這類報道和記載，從古到今都有，更多的報道是，挖出來的何首烏，不但成人形，而且屬一男一女，性徵分明，一看便知。

我又道：「還有人參變成小人，滿山亂走的傳說，似乎也可以和這種情形扯上點關係！」

小郭苦笑：「別說那些了，你的意思是，米博士正是那一類的動植物人？」

我一字一頓：「我只是假設有這個可能。」

小郭默然不語，白素微微點頭，以示支持。

我又道：「在這個假設之下，有許多疑團，就可以迎刃而解。」

小郭深知我的思路，他想了一想：「第一，勒曼醫院的外星人，想要那一男一女木頭人『還陽』，找上一個同類來幫助，是最理想的了！」

我道：「是啊，而且，這個『同類』，對生命的奧秘，遺傳之學，學有專長，正好派得上用處。」

白素搖頭：「本末倒置了，是有意找一個有專長的『同類』來幫手的！」

我嘆了一聲，白素的補充，等於是在說，「木頭人」的同類，不止一個，米博士只不過是其中之一而已！

剎那之間，我的思緒，不免混亂之極，木頭人也好，樹人也好，他們究竟是性質如何的生命？他們看來和人一樣，但他們的身體，是木質的。他們的呼吸方法如何？他們有沒有內臟器官？

這種種，本來都是極好的幻想題材，但如今，卻又有活生生的例子，就在眼前。

小郭不由自主，又在自己的頭上打了一下：「和他相處之後，竟然沒有捏一捏他的手臂。」

我有點精神恍惚：「捏了又如何？」

白素也忽然冒出一句話來：「如果有樹木的遺傳因素，那麼，就算砍下一條手臂，也會再長出來。」

小郭受了感染：「這樣說來，那類生命形式，豈非比人還進步？」

想到樹木生命之堅韌，和人的生命之脆弱，我不禁感嘆：「豈止進步，簡直超卓萬倍。」

小郭又道：「他不怕生癌，壽命極長，他——」

我不甘於太長他人志氣，滅自己威風，悶哼了一聲：「他也有害怕的，怕蟲蛀，怕火燒。」

小郭卻道：「火燒了也能重生——噢，他的名字叫『寄生』，不知道是樹寄生在人的身上，還是人寄生在樹的身上？」

白素說道：「兩者都是，他是人和樹的混合。」

我叫了起來：「這只不過是我提出來的一個假設，怎麼都當真的了？」

白素道：「就算米博士不是那類人，那一男一女，肯定是。」

我說：「那一男一女，看來雖然像人，但他們是木頭，一動也不能動。」

白素道：「若是『還陽』成功，他們就是那類人了！而我相信，『還陽』行動既然已在積極進行，就必然有成功的一天。」

小郭進一步補充：「也就是說，就算你的假設不成立，地球上肯定會有那類人出現，何況我對你的假設，一直大有信心，所以這類人，可能有不少在我們周圍存在了。」

我沒好氣：「多謝捧場——好，假設米博士由於是『樹人』，所以才被那外星人找來，幫助進行對那一男一女的人化工作，想使那一男一女，變成和米博士同樣的一種人。」

小郭和白素，對我這個假設，並無異議。

我一揮手：「好，這一部分如果成立，那討論就進入第二部分了。」

小郭接着道：「第二部分的疑問是：米博士去找大亨作甚麼？難道大亨也是——」

他想說「難道大亨也是半樹半人」，但由於這實在太駭人聽聞，所以他說了一半，就住了口。

我和白素都沒有立刻接腔，因為這確然是一個值得想一想的問題。

而在想了一想之後，我道：「我看大亨不是米博士的同類。」

白素也道：「不是同類——是的話，他們之間，必然有聯絡，互通聲氣，不致於米博士要見大亨而見不着。」

這道理太明顯了，小郭也立刻同意，他抓了抓頭：「那我就想不出，米博士去見大亨，是為了甚麼。」

我也想不出，我向白素望去，只見她也是一片茫然。我道：「總有些特別的原因，極可能，大亨……的來歷有些問題，他能在地球人之中，有那麼大的影響力，我看他必然有異特之處。」

白素呻吟片刻：「我不以為大亨會是外星人，因為我相信，他在從事的活動，他的地位、財富、權力等等，都是典型的地球人標準行為，那是地球人遺傳因素規範內的行為，就像土撥鼠的遺傳規範，叫牠在地上掘洞一樣，外星人不見得有這種遺傳行為，不然，地球早已不是地球人的世界了。」

我和小郭，對白素的說法，多少有點不同意，所以，一時之間，默然無語。

白素向我們望來：「追逐名、利、權等等，都是地球人的行為，就像禿鷹追逐腐肉一樣，這是地球人的生物遺傳特性，外星人若也有，以他們之能，地球人再多陰謀詭計，只怕也鬥不過吧。」

我嘆了一聲：「好，大亨不是外星人，也不是半樹半人，米博士去找他作甚？」

白素道：「我也還沒有概念，米博士的專長是遺傳學，我們不妨從這一點着手去探索。」

後來事態的發展，證明白素這一個探索的方向，正確無比，可是這時候，我和小郭，瞠目相對，卻完全抓不到任何頭緒。

白素一揚眉：「還有一個人——若我們的設想正確，這個人必然也是事件的中心人物。」

我一聽，立時悶哼了一聲，心中升起了一股極度的不快之感。

我知道白素說的是甚麼人。

知道《還陽》這個故事者，也必然明白。在那個故事中有一個重要人物，那一男一女兩個木頭人，也在她的保管之下，這個人，就是貌美如花，可是心計之深，比貝加爾湖尤甚的黃蟬！

這個黃蟬，我和她打了不少次交道，每一次，不是吃小虧，就是上大當，所以，一想起她就窩火，我明知米博士吞吞吐吐，不肯說出來的那個在背後指使他來找我的人，十之八九，就是黃蟬，但仍然不願意提起她。

這時白素一提出來，我霍然起立——大聲道：「好了，這件事，與我無關，在我這裏的部分，至此結束，管它半人半樹，半魚半貓，都和我沒有關係，討論也至此為止，算了！」

我這種反應，顯然在白素的意料之中，但卻在小郭的意料之外。

小郭並不是不知道來龍去脈，他只是奇怪我的決定，他壓低了聲音問我：「你怕了那婆娘？」

我沒有直接回答，我在心中自己問自己：「我是不是怕了她？」

一時之間，我沒有答案，不過有一點可以肯定：若是可避免見到她，我一定竭力避免。

現在的情形，就是那樣。實在因為上次的事，太令我難過了——不但是本身的一項失敗，而且還連累了許多人，使得許多人要在強權勢力之下，繼續呻吟。

而黃蟬作為整件事的主謀者，她自然受到了上級的嘉獎——自那次事件之後，我沒有再見過她，她當然也不敢再主動來找我。

也正由於這個原因，所以我猜想，米博士來找我的時候，鬼頭鬼腦，不肯說出是誰主使他來的，就是由於她也有不敢見我的原因。

因為在上次的事件中，她淋漓盡致地利用了我、白素和紅綾對她的同情和幫助，結果卻中了圈套，上了大當，帶來了奇耻大辱！

這個女人，她的外表再美艷，我也只好視之為蛇蠍，在那件事之後，我曾大是感嘆，對白素道：「這『蛇蠍美人』一詞，雖然被用得很濫，但是直到如今，我方知真正的含義。」

白素低嘆了一聲，也用了一句被人用濫了的話：「人在江湖，身不由己！」

我當時就跳了起來：「你還原諒她？」

白素又道：「做了過河卒子，只得拼命向前。」

我咬牙切齒：「此仇不報非君子。」說了之後，又覺得還不夠解恨，又道：「君子報仇，十年不晚！」

白素抿着嘴笑，我惱道：「腹誹乎？」

白素道：「看你，堂堂一個男子漢大丈夫，和一個小女人計較成這樣。」

我跳了起來，嚷道：「小女人？」

白素瞪大了眼：「可不是麼？」

我當然不能否定黃蟬是小女人，但是若說「小女人」這個詞，是代表了弱者，代表了要同情要幫助的，那就大錯特錯了。

小郭在一旁，看到我和白素爭執得如此認真，他也不禁害怕起來：「不……別說了，當我沒有提起過就算了，沒有……就當這回事已經結束了。」

我由於心頭的氣憤實在難平，竟至於遷怒：「都是你惹出來的事，日後，你在甚麼大亨小亨面前，交不出功課來，少來煩我！」

小郭一疊聲道：「是！是！是！」

他一面說，身子一面向後退去，作要離去狀，我唯恐他不走，大聲道：「不送！」

這一來，小郭想不離去也不行了，只得訕訕告辭，白素送到門口，才折回來，柔聲道：「吃一虧長一智，何必生氣。」

我沒好氣：「我就是氣你吃了虧不長智，還代這女人說話。」

白素幽幽長嘆，默然片刻，忽然話頭一轉：「在我們的經歷之中，甚麼樣的生命形式都見過了，卻想不到又增加一種。」

討論起這一點來，倒是我有興趣的，我平了平氣：「也只不過是假設，很難想像一半樹，一半人，怎麼能結合在一起。」

白素揚眉：「不妨設想一下，我想，一定是人的成份多，樹的成份少。」

我想了一想：「如果米博士是半樹半人，那麼，他當然是樹的成份少，人的成份多。可是我們見過的那一男一女，卻是樹的成份多，人的成份少。」

白素點頭：「所以，我想他們如今努力在進行的，是使那一男一女，變成和米博士一樣，樹的成份少，人的成份多。」

我大大伸了一個懶腰：「首先，米博士是不是樹人，只是猜測，其次，成份的比例，應該早已成定局，怎麼可以隨意增減？」

白素並沒有直接回答我的這個問題，她想了一會，又道：「不妨從遺傳學的角度來看看。人的遺傳，來自父母。是父親的成份多些，還是母親的成份多些？」

我嘆了一聲：「很可惜，人類對於組成自己生命的這個學問，所知不多，只在幼兒園階段，不像研究兇殘詐欺那樣，已到了研究院的水準。所以，你的這個問題，暫時無法有答案——而且，一兩百年之內，只怕也不會有，因為人類並不熱衷於此。」

白素不理會我的牢騷，又道：「任何人的遺傳因素，都來自父母，可是父母的遺傳因素，只是不受控制，並無規律的湊合。」

我道：「就像溫寶裕所說：七拼八湊。」

白素卻又道：「也不盡然，至少，已經知道遺傳因素之中，有『隱性』和『顯性』之分。」

我悶哼一聲，白素所說的，人所皆知，遺傳因素有『隱』、『顯』之分，最普通的例子是，黑色人種的黑色素，屬於顯性遺傳，所以黑色人種和其他人種的混血兒，黑色素突出。

不過，知道了這一點之後，又有甚麼用處？並沒有力量可以控制改變，只是「聽其自然」而已。

白素笑道：「當然，人類的知識不夠高，無法很透徹地了解遺傳奧秘。但是那外星人既然能使人的胚胎和樹的胚胎結合，自有他的神通廣大之處。」

我忙道：「這一點，毫無疑問。」

白素忽然長嘆：「我們見過的那一男一女，是一個可怕之極的，噩夢式的悲劇。」

我遲疑了一下：「此話怎講？」

白素道：「我想，毛病是出在那兩株大樹被砍了下來這一點上。」

我吸了一口氣——兩株大樹，由於樹中孕育着半樹半人，所以令得接近大樹的人，有時可以受到樹中人的思想感應，正由於這一點「靈異」，所以大樹遭到了被砍的噩運。

這些經過，我知道。但白素的話，我卻不是完全可以明白。

白素吸了一口氣：「樹的生命，和人不同，它雖然被砍了下來，但和人受到同等傷害，立刻死亡不同，它的生命，還能夠延續一個時期。」

我「啊」地一聲，明白白素的意思了！

在那一男一女的孕育過程中，應該是人為父，樹為母，人是在樹身之中孕育成長的。

而在大樹被砍下之後，「人」的生命，立刻結束，但是「樹」的生命，卻還在延續。

也就是說，胎兒也沒有立刻死去，而是依靠了母體（樹）的生命，一起延續着，一直到母體的生命完全結束，或是在結束之前，這才裂體而出。

「胎兒」在發育尚未完全之時，「父」系方面的生命結束，單靠母體的生命繼續成長，所以成長的結果，自然而然，多像母體，所以成了木頭人！如果是在正常情形之下成長的，那麼，成長的結果就應該如同米博士，像人多於像樹！

這一系列推測的結果，越是想到後來，就越是令人心悸，感到恐懼。

因為，那一男一女，早在樹身之中的時候，他們的腦活動能量，已經可以影響樹外的人類，由此可知，他們的腦活動能力，何等強大！

這種強大的腦活動能力，在大樹被砍下之前，是早已發育完成了的。

那等於說，大樹被砍下，對他們來說，是一個可怕之至的悲劇——自此之後，他們的身體變成了樹，而他們的腦，等於被封在木頭之中，不能指揮身體，這種情形，和人在腦部受傷之後變成植物人不同，他們的腦部是清醒的，但身體是木頭。

試想想，這種情景是何等的可怕！

我知道，一個非人協會的會員，曾向我說過，有一個大學教授，確信自己能再生，結果，他的「新生」的身體，是穴居人部落中的一名嬰兒，他就在與文明世界隔絕的穴居人部落之中生活。

我當時認為，一個有高度活動能力的腦，竟在一個穴居人的身體之中，已是可怕至於極點的事了。但是，比起有高度活動能力的腦，卻在木頭身體之內，還是要好得多了！

我想到這裡，忍不住打了幾個寒顫。

白素的思緒和我一樣，於是我們互望着，好半晌說不出話來。

過了好一會，白素才道：「從好的一方面去想——他們的腦部，也受母體的遺傳影響，木化了，自然也沒有了活動能力了。」

九、悲哀

如果照白素所說情形，那麼，在大樹被砍下來時，那一男一女的「人」部分，就已死了。那自然也不會再有甚麼痛苦了！

比起死亡來，腦是人身是木更可怕，可是我搖了搖頭：「恐怕沒有那麼幸運——如果早已全是木頭，勒曼醫院那外星人，不會設法使他們還陽，因為那種情形，已經無法可施了！」

我閉上了眼睛一會，仍然感到遍體生寒——實在不能想像我的身子變成了木頭之後會是甚麼樣的一種痛苦！

我不禁憤然：「當年下令砍了大樹的，真不是東西！」

白素啞然：「這『不是東西』，還有不少人奉為神明哩，砍兩棵樹算甚麼，殺幾千萬人也不當一回事，曾誇過人多，死了一半還有一半！」

我思緒十分紊亂：「這又不知是甚麼怪物——我的意思是，不知是甚麼遺傳因素，形成了這嗜殺的行為？」

白素對我的這個問題，居然很是認真：「歷史上不少這樣的人物，我估計是來自同一遺傳，在他們體內的遺傳因素之中，有一半或更多，不是人性，他們的上代，必有半人半獸的遺傳。」

我鼓掌：「說得好，實在想不出這類『偉人』會是純種人類的理由。」

白素嘆了一聲：「這種遺傳因素，既然存在於地球人之間，除非這類人忽然都絕了種，不然，不知甚麼時候，又會有這種人冒出來！」

我忽發奇想：「要是有朝一日，人類在遺傳學上的研究，可以查出那些獸性的遺傳，將之剔除，那就真正天下太平了！」

白素幽幽地道：「只怕那些遺傳，本是人性。」

我苦笑了一下：「嗜殺的是人性，把頭伸過去，引頸就戮的，自然也是人性了。我看，向強權屈服，希望能在權利刃的夾縫中，做一個乖乖的奴才，那也是人性——若是如此，那地球人實在不知算是甚麼！」

白素答得妙：「當然算是地球人——你說得不公平，地球上已有許多人明白不屈從強權，不做奴才，就不會有強權的道理，只是還有一部分人不明白而已。」

我恨恨地道：「不是不明白，而是做奴才是他們遺傳因素規範下的行為，他們一定要那樣做，非在強權面前下跪不可，那是這種人的遺傳本能，就像絲蠶不會吃別的葉子，只吃桑葉一樣。」

白素默然——她自然是同意了我的說法。對於眼見的某類人的行為，除了用那是遺傳因素規定的行為之外，實在沒有別的理由，可以解釋他們向強權叩頭的行為！

過了一會，白素才道：「世上，見過那一男一女兩個人的並不多。」

我「嗯」了一聲，心中在想：白素想表達甚麼呢？

白素又道：「見過他們，而把他們當人的，更少！」

我了解白素的用意了，我道：「至少勒曼醫院那個外星人，還有米博士，都是！」

白素道：「所以我相信他們都在努力使那一男一女變成真正的人！」

我故意打岔：「你說到哪裡去了？再怎樣努力，那一男一女，都不會變成『真正的人』！」

白素糾正：「我的意思是，變得和米博士一樣！」

我嘆了一聲：「那外星人，是這種生命的始創者——就像上帝不知道用甚麼方法和材料創造了人一樣，拯救那一男一女的工作，自然應該由他負責！」

白素默然不語，我又道：「這拯救工作，複雜無比，我們全家，連邊都摸不着，想幫忙也無從幫起！」

白素望着我：「就算只能出萬萬分之一的力，也應該出——那一男一女的處境太值得同情了！」

我舉手表示贊成：「怕只怕萬萬分之一的力也出不上，人家根本沒把我們當一回事，勒曼醫院的那外星人，就甚麼也不肯說，連電話都不肯聽。」

白素道：「可是，米博士說，有人指點他，有難題，可以去找神通廣大的衞斯理先生！」

我忙道：「老夫老妻，別耍我了。」

白素道：「我知道來來去去，你都是不願意再見到黃蟬這個人！」

我故意問道：「咦，這裡面，又關『黃蟬這個人』甚麼事了？」

白素道：「那裂樹而出的一男一女，一直由黃蟬保管，我相信，在長期的相處過程之中，黃蟬和他們，一定已有了某種程度的溝通！」

我知道那一男一女的事，和黃蟬必然是有關係的，可是還沒有想到這一層上。一定得白素那麼說，我心中一動，問：「思想溝通？」

白素搖頭：「不知道，那要問她方知。」

我嘆了一聲：「你不怕再上當，我也沒話說。」

白素道：「在這件事上，我看不出有甚麼可以上當之處。」

我想了一想，覺得確然沒有甚麼會損失的，我懶懶地道：「我們不會主動去求見她！」

白素笑道：「照我估計，她既然會指點米博士來見你，若你先堅持不答應，她必然會親自出馬。」

我笑：「我們來一個協議：她若是親自出馬，且先聽她如何說，再作決定。」

我在這樣說的時候，心中想：只要我立定決心拒絕，總可以做得到的，絕未想到的是，黃蟬真做得出，戲劇化至於極點，我縱使萬分不願，也不得不長嘆一聲，自認不論大花樣小花樣，都玩不過她。

這是後話：先表過之不提。

白素當時，也想不到日後會有如此戲劇化的一幕，事後，我看得出她好幾次想取笑我，那種似笑非笑的神情，勝過千言萬語，但是她始終沒說甚麼，為的是怕我尷尬——這是一個的妻子的典型行為。

當下白素也伸了一個懶腰：「一個主要的問題，還沒有解決：米博士先找大亨，究竟是為了甚麼？」

我也一直在想這個問題，我先打了一個呵欠，表示對這個問題沒有興趣，然後才道：「不論是為了甚麼，我都不再理會。」

白素望着我笑：「要是那個米博士忽然又出現在你的面前呢？」

我惡狠狠地道：「那我就把他的肉割一塊下來，看看是木頭的成份多，還是人肉的成份多，同時，也看看他是不過會流血！」

白素慢慢地道：「很多樹都會流樹汁，也有很多樹汁是鮮紅色的。」

我嘆了一聲：「他說話如此吞吞吐吐，拖泥帶水，不知道是不是樹木的遺傳？」

白素揚眉：「當然不是，他是有難言之隱，他總不成一見人就說自己的身分！」

我長嘆一聲：「古人說，知人口面不知心，看來，何至於『不知心』而已，簡直是知人而不知身！好端端的一個人站在你面前，誰知道他的身體是甚麼！是木頭？是氣體，還是……甚麼都不是。」

白素卻悠然道：「那不足為奇，隨着人類的眼界越來越寬，各種各樣的人在眼前，也都會習慣——幾百年前，太行山山溝裡的人，忽然看到了一個金髮碧眼，身上滿是金汗毛的西方白種人，也就夠吃驚的了！」

我喃喃地說了一句：「但願會習慣！」

這次討論，到這裡告一小結。我雖然儘量裝出不感興趣的樣子來（主要是為了怕再和黃蟬接觸——惹不起她，只好躲她），但實際上，卻非常想再能夠看到米博士。

當然，說甚麼把他的肉割一塊下來看看，那是戲語，但既然已估計到了他的古怪身分，再見到他時，在他身上，摸揑敲打一番，那是定然難免的了！

我的估計是，米博士並不知道我們對他的推測，已有了這樣的結果，並且也推測到了他行動的目的，只是還不明白他何以要去找大亨而已。

所以，他應該並不知道自己的身分已暴露，所以，他應該還會來見我——不論他見了大亨之後的結果如何，他是來求我幫助，在我這裡遇到了小郭，然後才能見到大亨的。見了大亨之後，他不到我這裡來，就變成過橋抽板，那似乎有點說不過去。

可是，等了兩天，米博士都沒有上門，我也無法去打探消息，所以也根本不知道，他和大亨的會面，結果怎麼樣了。

在這兩天之中，白素再也沒有提這種事，那更令我心癢難熬。

雖然我有很多古怪之極的經歷，但是一半是人、一半是樹這樣奇妙的結合，還是新奇之極，而我又和這種古怪的事，有過上半部的接觸，如今有機會再進一步深入，這自然勾起了我的好奇心。

這兩天，我又作了不少設想，但仍然不能猜想何以米博士要見大亨的原因。

而有一點，我可以肯定的是，米博士這個怪物，當真是過橋抽板，不會再來我這裡了——因為無論如何，他和大亨的會晤，不可能持續兩日之久的。

我想過再向勒曼醫院去查詢，但是我不願意去碰釘子，自然我也可以和黃蟬聯絡，詢問究竟，可是我更不願意如此做。

事情好像真是就此了結了，但是我內心深處，卻感到那是暫時的平靜，這件事，始終會和我發生關連，現在的沉寂，只是耐心的比賽，我估計有一方面，在等我忍不住好奇心，主動去找他們。

所以，我就偏要忍得住，等他們忍不住了來找我，那樣我就主動了。

其實我根本不知道在這件事上，我可以出甚麼力，起甚麼作用，但是既然在假設的狀況中，指使米博士來找我的是黃蟬，我就斷定，必然還有花樣在後面。

於是，我就靜以待變，一面趁這段時間，填補我在遺傳學知識上的空白——這才發現，人類對於遺傳的所知，真是少得可憐。

明明每一個人的一切，都來自遺傳，對人的生命來說，那是最重要的組成部分。可是對這方面的研究，卻幾乎連甚麼成果都談不上。對於組成生命的父、母雙方，結合成新生命，會在甚麼情形下，會出現甚麼結果，除了少數明顯的疾病可以追踪之外，對新生命會是甚麼樣子的，一無所知，而且，對一個成長的生命，遺傳因素會用甚麼方式，遺傳如何進行下去，也一無所知。

自有人類以來，一代又一代，不知傳了多少代，每一代都對下一代增加遺傳因素的影響，累積下來，已經到了無法計算清楚的地步了。

所以，就算現在開始，全力以赴，人類只怕也無法弄得清遺傳因素影響的來龍去脈了。

這實在是頗令人悲嘆的事——溫寶裕說：原來我們每一個人，都是許多上代的遺傳因素七拼八湊而成的，這已經夠悲哀的了，卻原來那些七拼八湊成生命的遺傳因素，還卻是莫名其妙，不知究竟，糊裡糊塗，不清不楚的。

那真是十倍的悲哀。

人不但沒有「自己」，連是由些甚麼拼湊而成的都無法知道。

因為沒有一個人，可以把自己的上代，一直追溯上去，以中國的漢族而言，如今，可有真正的純漢人？怎麼保證漢人沒有鮮卑匈奴羌以及蒙古人的遺傳因素在內？歷史上如此，眾多徹底的外族侵入和混雜以致沒有人能說出他的遺傳因素是由甚麼組成的，每一個人的行為，都在不可測的遺傳因素的牽引之下進行，若用「盲人騎黑馬，夜半臨深淵」來形容危險，那麼，人在幾千幾萬種不明的遺傳因素牽引之下，發生着種種行為，更危險萬倍，因為那全然無從控制。

多想這一方面的問題，會令人心中鬱悶，我把大疊參考書籍全都拋進垃圾桶，大聲罵了幾句，卻恰好被紅綾看到了，紅綾笑道：「爸，生甚麼氣？」

我嘆了一聲：「不是生氣，只是難過——原來人那麼悲哀——一個人，不知道十七八代之上，有一個是瘋子，那瘋狂的遺傳因素，就有可能不知甚麼時候在他身上發作。」

紅綾道：「那是生物的遺傳規律，無可避免。」

我再嘆一聲：「悲哀在這個人完全不知道自己有瘋狂的遺傳，而且，也無從預防。」

紅綾不再說甚麼，望着垃圾桶中的那些書——顯然，這個問題，也超越了她的知識範圍了。

過了一會，她才道：「等那個米博士再來了，可以問問他。」

我嘆：「那個米博士不會再來了。」

說了之後，我心中一動，紅綾一看到康維十七世，就知道他是「假的」，不知紅綾何以在米博士面前，沒有異樣的感覺。

我把這個問題，提了出來，紅綾道：「我沒有特別注意，但如果他身體是金屬的，我一定可以感應出來。」

我道：「如果他身體是木頭的呢？」

紅綾眨着眼：「那就比較難，要捏了，才知道。」

我「哈哈」大笑：「捏了，我也知道，何勞你？」

紅綾也傻傻地笑，於是，我把我們的設想，告訴了她，聽得她大是訝異：「怪絕，難怪我叫了他一聲『木頭人』，他反應這麼強烈，原來他真是木頭人。」

我笑：「這木頭人很可惡，等他再來，你冷不防在他的身後，一把抱住他，等我來好好檢查他。」

紅綾大樂：「好，一言為定。」

和紅綾說了一會話，心中的陰霾，一掃而空。

又過了一天，米博士仍沒有影踪，但這種事，卻有了意外的發展——小郭又找上門來了。

我一見小郭，就急急問：「米博士有沒有去找你？」

小郭沒好氣：「沒有——他被人燒了來取暖了。」

這可以說是對一個「木頭人」的最凶惡的詛咒了。

我和小郭，相識極久，人與人之間，若是熟悉無比，就有一個好處，那便是若是他有甚麼不正常之處，一下子就可以感覺得出來。

小郭這次來，一看就可以感到，他裝出一副若無其事之狀，可是鬼頭鬼腦，欲言又止的那副神氣，卻使我知道他必然是有所為而來。

我也不再和他敷衍，率直問道：「你來，有甚麼事？」

小郭不敢望我：「我接受了一項委托——」

我知道其間必然大有文章，但故作不解：「你現在是舉世皆知的大偵探，接受委托，一日上百宗，何足為奇。」

小郭長嘆一聲，「這件事，棘手之至——若沒有你的幫助，萬難成功。」

我「哈哈」大笑：「你的話，使我想起『借人頭』的故事。」

我知道小郭必然是有很為難的事要我做，所以才如此說，小郭自然知道荊軻為了刺秦王，向樊於期借人頭的故事，所以一時之間，神色大是尷尬，他本來是坐着的，這時站了起來，竟是坐立不安。

我大是驚訝：「小郭，以你我的交情而論，應該是沒有甚麼話不可以說的了。」

小郭長嘆一聲，「只是這件事，有違你立身處世的大原則，所以……所以……不知如何說才好？」

我冷笑：「那就別說了。」

我立身處世，自有原則，若是與此原則有違，那是斷無商量的餘地——這一點，小郭深知，而他居然還心存僥倖，提了出來，就已大是可惡，所以我根本不讓他有開口的機會，就一口拒絕。

雖然我的不可違背的原則不止一條，也不知道他所要求的是甚麼，但先把話堵在前面，總不會有錯。

小郭被我的一句話，弄得滿面通紅，呆了半晌，我也不去睬他。

這時，白素走了過來，她向小郭道：「如果事情和米博士有關，你不妨提出來，聽聽行情。」

小郭哭喪着臉：「若有關，我也早提出來了，我知道米博士的事，多少還能引起他的興趣——」

我忙道：「別說了。」

白素向我望來，我道：「你不必說好話，常言道：沒那麼大的頭，別戴那麼大的帽。他在接案子之前，應該知道甚麼是辦得到，甚麼是辦不到的。」

小郭幾乎哭了出來：「王八蛋是自己要接這差使的——全世界的同業，都說只有我才能完成這項任務，事關這才找上了我，要是我說我也辦不到，那就該從此退出江湖，別再混了。」

我悶哼一聲，心道：「退出就退出吧！」

誰知小郭卻道：「我若是退出江湖，以後你有甚麼艱難雜症，要找我出力時，也找不到我了。」

他這樣一說，倒勾起我的記憶來，在我的經歷之中，有許多件事，小郭出力極多。在我和白素相識的過程中，小郭且曾為了我身受重傷，在醫院躺了大半年，若不是當時年輕力壯，只怕就此不能復原了。

一想到這些，我不禁心軟，沒好氣道：「是甚麼事，且說來聽聽。」

小郭吸了一口氣，先向白素望去，得到了白素的鼓勵眼色之後，他才道：「有一個人，想請你去見他。」

小郭這句話一出口，白素就嘆了一口氣，我也忍不住呆了起來了。

小郭的這句話，聽來沒有甚麼特別，可是卻偏偏必然在我面前碰壁——白素深知如此，所以才嘆氣。

這種話，會在我面前碰壁的道理很簡單：我認為，任何事，都要講道理。甚麼人要是想見我，首先，見不見他的決定權在我，而不在他，其次，就算我決定了可以見他，也應該是他來見我，而絕不應該是我去見他。

這並不是「架子大」而是一個原則，看來像是小事，但我實行得十分認真。

小郭當然也知道，所以他才不敢提出。

這時，小郭知道白素也幫了他，他也不由自主，嘆了一聲：「可否容我說完？」

我隨意擺了擺手，意思是：說不說由你——說和不說，都不會有甚麼分別。

小郭吞了一口口水：「想見你的人是『大亨』。」

的確，小郭的話，令我感到意外之至，但是我卻一樣無動於衷。

當然，也不是真正絕對任何人都叫不到我去見他的，像白素的父母，若是有傳，自然立即就去，最近，我的七叔，一張隱形墨水所寫的字條，便把我召到了錫金的剛渡，但大亨，自然不在那些人的名單之中。

小郭道：「大亨也知道你難請，所以全世界托人，結果大家公認只有我可以請得到，所以事情才落到了我的頭上。」

我道：「他托你找他的情人，結果米博士去見他，你被摒諸門外，這個氣你也受得了。」

小郭一攤手，表示不在乎：「他想見你，或許正和米博士有關——我們不是一直想不透米博士為甚麼要去找大亨麼？」

我搖了搖頭：「你別說了。」

小郭囁嚅了片刻：「我也回話過，說我一樣請不動你的大駕，大亨他說……他說你最近去見過一個國家首腦，他以為……以為……」

我冷笑：「我去見甚麼人，由我自己決定，我甚至可以為少年芭蕾舞學校去剪綵，那是我自己高興。」

小郭雙手連搖，「我知道，別提了，就當我沒有說過便是！」

他知道再說下去，只怕會不歡而散，可是隔了一會，他又道：「如果他來見你，你見不見？」

十、以退為進

我心中有氣，大聲道：「本來說不定，現在，鐵定不見。」

小郭面色發青：「算我求你了。」

白素伸手，在我肩上打了一拳，我嘆了一聲：「小郭，像大亨這種人，我和他有甚麼好說的，肯定是話不投機，不歡而散。」

小郭道：「那也權且不歡而散一次，又會怎樣，他畢竟也是一個人物。」

我看了他半晌，才勉為其難：「好吧！」

小郭大喜，一跳老高：「我這就去安排。」

他一面說，一面向外奔去，待他奔到門口，我陡然起疑，大叫一聲：「小郭！」

小郭站定，轉過身來，我看到他滿面笑容，更知我所懷疑是實，我想發怒，但終於只是長嘆了一聲，吟了一句詩：「『白首相知仍按劍』，好小郭！」

小郭二話不說，竟然立即雙膝一屈，跪了下來，「咚」地就叩了一個頭。

我大吃一驚，跳起來，叫：「別那樣，我不生氣了。」

小郭站了起來：「不如此，不足以表示我的歉意。」

我揮了揮手，小郭這才吁了一口氣，一溜烟去了。

我怪白素：「你早知他目的只是要我肯見大亨，不是要我去見大亨，是不是？」

白素「啊」地一聲：「是啊，我也以為你早知道——怎麼，你不知道嗎？」

我望了她半晌，說不出話來，她卻已翩然上樓去了，真是無可奈何。

小郭竟然也會這樣對付我，真是世風日下，人心不古，至於極點。

白素到了樓上，才轉過身來，向在樓下的我道：「還有你不知道的——照我看，小郭這『以退為進』之計，決不是他自己想出來，而是有人在背後指使的。」

一聽得白素這樣說，我不禁陡地一呆，同時心中一亮，是啊，小郭雖然滑頭，但在我面前，從來不會耍花樣。而這次玩花樣玩得如此得心應手，太不正常了，自然是有高人在背後出主意之故。

那出主意之人，明知我絕不會去見大亨，這才故意先叫小郭提出來，然後再退一大步，要大亨來見我，我就不好拒絕，真是妙計。

這個人會是誰？大亨本人？不可能，米博士？諒這木頭人也想不出這種花樣來。白素？更不可能，她並無理由伙同小郭來耍我。

那麼，是——

我陡然打了一個寒顫，一個人呼之欲出，若整件事一開始就和她有關，那這個主使小郭之人，就必然是她，這個人，就是我一提起就恨的黃蟬！

我儘量令自己平靜下來，因為在想到這一點的同時，我感到，整件事從茫無頭緒之中，已經抽出了不少線頭，把這些綫頭聯結起來，我已經可以大致擬出事情的一些梗概來了。

於是，我先斟上一杯酒，坐了下來，先前的三分鐘，甚麼也不想，只是慢慢地呷着酒，使我的腦部，處於幾乎靜止的狀態之中，就像運動員在運動之前，屏氣靜息，以求最佳的爆發一樣。

然後，我就設想這樁本來是無頭無腦的事的開始和發展的過程。

一開始，自然是勒曼醫院的那個外星人，在知道了那「一男一女」的下落之後，就去尋找他們。那麼，在過程之中，由於「一男一女」是由黃蟬保管的，那外星小子，必然和黃蟬這個地球美人，有了接觸。

他們之間接觸的詳細經過，我不知道，也沒有必要知道。而可以肯定的是，地球美女的魅力，是宇宙性的，外星小子只怕也難以例外。於是，可以推定，雙方有了合作的協議。

自然，所謂「合作」，是以外星小子為主，地球美女坐享甚成，而目的，是令那「一男一女」僵死的生命還陽，回復大樹未被砍下之際的發展。

於是，外星小子就請來了米博士主持進行，因為米博士本身，和那「一男一女」是同類，知道在甚麼情形下，做些甚麼，才能達到目的。

然後，就到了我最不能明白的一點了——何以要去找大亨呢？

好了，先跳過這一點不說，再假設事態的發展。

再接下來的假設，連我自己也有點猶豫，因為其中有「不能成立」的因素在。

接下來的假設，必然是米博士求見大亨不遂，所以才去見了朱槿。

這件事，看來簡單，實際上複雜無比。

因為我假設既然和黃蟬以及勒曼醫院的外星人有關。真難想像，以這兩個人的背景，還會有甚麼見不着的人。黃蟬還可能有見不到的人，那勒曼醫院，掌握了人的生死奧秘，誰能抗拒？

所以我考慮到這其中，還有我不明白的因素在。

還有，就是朱槿這個女人了，她真正身分究竟是甚麼？若她真是黃蟬的一伙，那麼，她身為大亨的情婦，就一定是一項「任務」——由此，倒也可以說明大亨真正地位非同小可，要派出朱槿這樣等級的人馬去做他的工作，那麼，黃蟬不能見到他，也可以理解，問題是：黃蟬難道也不能通過朱槿，見到大亨麼，為甚麼又不能把米博士要見大亨的事，托朱槿進行呢？

而大亨，何以能抗拒勒曼醫院？最後，問題又兜回了老路，勒曼醫院的外星人，何所求於大亨？

這其間，錯綜複雜的謎，着實令人頭痛。

若是拋開這一切，再根據我的設想發展，那就是米博士來找我了——米博士來找我，是黃蟬主使，見了大亨之後，大亨忽然想見我，要托小郭，黃蟬又指點小郭耍手段，使我肯見大亨。

問題又來了，大亨為甚麼要見我？

我不禁苦笑，因為問題繞到了一個很可笑的地步，我要問自己，在這件事中所擔任的是甚麼角色？

而我竟然也無法回答這個問題。

想到了這裡，我不禁長嘆了一聲。

而白素不知甚麼時候，來到了我的身邊，她道：「想不通？」

我點了點頭：「簡直莫名其妙之極。」

白素道：「等大亨來了，自然可知。」

我苦笑：「我就是想不出他為甚麼要見我。」

白素道：「他要見你，必然會告訴你為何。你現在何必瞎猜。」

我大是懊喪：「要是我先能推測出來，那我就有滿足感，現在，我感到自己是一枚任人擺佈的棋子。」

白素笑：「你這棋子，看來還重要得很，連大亨這樣的人物，都用盡了方法想見你。」

我冷冷地：「大亨沒甚麼了不起，只不過是有不可思議的勢力，我不明白的是，何以他可以連勒曼醫院都不賣帳，你想得通嗎？」

白素搖了搖頭，正在這時，樓上的電話響起，我和白素一起上樓，一按下掣，電話中出乎意料之外，傳來了陶啟泉的聲音。

陶啟泉也是財大氣粗的大亨，但我們相識已久，倒是甚麼話都可以說的。

他一開口就道：「有一個人想見你，托我來表達一下他的意願。」

我立即說出了「大亨」的名字：「我知道，是他。」

這「大亨」的級數，在陶啟泉之上，他若是知道我和陶啟泉熟，托陶啟泉來游說，也順利成章。

陶啟泉聽了，「啊」地一聲：「我來遲了，你已經拒絕了他？」

我道：「不，我答應他可以來見我。」

陶啟泉鬆了一口氣：「好極，這人是一個頂級奇人，你不會後悔和他會面。」

我吸了一口氣：「你對這個頂級奇人，知道多少？」

陶啟泉道：「太少了。」

我本來想通過陶啟泉了解一下大亨，但聽得他這樣說，自然也不必問了。

陶啟泉道：「不過，他對你的了解卻很深——不然，他也不會來找你了。」

我悶哼一聲：「推薦他來找我，多半你有份。」

陶啟泉笑：「我哪有力量能令他相信，他只是來問我：『有人告訴我，若是有疑難，別人解決不了，可以去找衛斯理，你認為這說法如何？』我的回答是：『我認為這說法百分之一百正確。』如此而已，豈有他哉。」

我苦笑：「多謝你的評語。」

陶啟泉道：「告訴他這一點的人，當然大有來頭，我是夠不上的——別問我那是誰，我真的不知道。」

我嘆了一聲：「你太自謙了。」

陶啟泉十分感嘆：「是真的，人外有人，天外有天，一山還有一山高，像我這樣，只是掌握了一些企業，算它市值兩千億美金，又算得了甚麼？」

我道：「那世界富豪排行榜，也可以在二十名之內了。」

陶啟泉呆了起來：「你也相信『排行榜』這玩意，真正的豪富，有多少財產，他自己也並不明白，排榜的人，何由得知？」

我也笑了起來，這種事，豈可深究，人云亦云罷了。

不等我問，陶啟泉又道：「我不知道他為甚麼要來找你，一點也不知道。」

我「嗯」了一聲：「是你沒問，還是問了他沒說。」

陶啟泉道：「都不是，是他說在前頭，叫我別問。」

這情形有些特別，看來「大亨」的行事，確然另有一套，不類常人。

我吸了一口氣——為了應付大亨，有一些事，我若是能在事先弄清楚，那就主動許多。所以我問：「大亨和勒曼醫院之間，難道沒有聯繫？」

我這個問題，對於靠勒曼醫院之助，等於得到了第二次生命的陶啟泉來說，可能突兀了一些。但是陶啟泉畢竟是老朋友了，他在呆了一呆之後，才道：「這世上，甚麼人受過勒曼醫院的好處，大家都心中明白，可是在面子上，誰也不會戳穿這種事，而勒曼醫院方面，也絕不會透露半分消息。所以，你的這個問題，我無法回答。」

我沉聲道：「對不起——事後，我有機會，向你說詳細的經過。」

陶啟泉的回答，令我悚然：「如果他特別叮嚀了別對人說，那你也不用為難。」

我吸了一口氣——這代表了不但陶啟泉他不敢得罪大亨，連帶他也在勸我，不要得罪他。

我哼了一聲，他又說了一句，才掛上了電話。

他最後說的是：「他隨時會來，你看我的面子，在家裡等一等他。」

我在他掛上了電話之後，才坐了起來——這最後一句話，自然才是陶啟泉打電話來的主要目的。

而他放在最後才說，那是不給我拒絕的機會，這傢伙，也可以說是攻心計得很了。

我站了起來，望向窗外，心中在想，大亨既然是這樣的一個人物，他來的時候，不知道會是甚麼排場了？我對於各種排場，都沒有好感，所以皺着眉，心想這次見面，可能一開始就不愉快。

正在想着，看到上山通到我住所的路上，駛來了一輛半新不舊的吉普車。這種四輪驅動的吉普車，正是青年人的喜愛，而且來車駛得極快，我一看之下，心中便暗罵溫寶裕，不知又在玩甚麼新花樣了。

看到了這樣的一輛車疾駛而來，立刻想到了溫寶裕，那是很自然的事。可是車子到了門前，在幾乎沒撞進門來的情形之下，緊急刹車停位，車身跳動了一下，自車上跳下了一個半老頭子來。

雖然從樓上看下去，看不真切他的臉面，但是我還是一眼就認了出來，那半老頭子，不是別人，正是在傳播媒介中曝光不多，但已足夠使人可以認得出他來的「大亨」。

這大亨，竟然自己開了一輛吉普車來，這實在令人意外之至。

在他下了車，向門口張望間，我已推開了窗，叫了他一聲。

他一抬頭，看到了我，「哈」地一聲，向上指了指窗子，大聲道：「要我爬上來？」

我也「哈哈」一笑：「雖非延客之道，但如貴客有興趣，又有何妨？」

他又「哈哈」一聲，接下來的動作，更出乎我的意料之外，他竟先張開雙手，向手中吐了一大口口水，再一搓手，就開始行動。

他那一連串動作，純熟自然之至，真把我看得呆了，等我定過神來時，他已循着牆外的水管，爬到一半了。

小郭走後，我曾設想過和大亨見面的情景，也盡可能做了各種設想，但是絕想不到，大亨會以這種方式來和我會面，甚至沒有排場，簡直是前所未見。

我定了定神，先轉頭叫了一聲白素，大聲道：「大亨來了。」

白素在不到十秒鐘之內，就進了書房——她事後說：她經歷過的意外，也夠多的了，但是沒有一樁及得上看到大亨從窗中爬進來的那一剎間的。

大亨在窗中躍入，拍了拍手，又伸雙手在他自己的身上，用力擦了幾下，才自報姓名，向我伸出手來。

我不準備寫出他的姓名來，就稱之為大亨，我和他握手，握得很高興，而且自然，不像是初見，倒像是多年的老朋友。

他又向白素鞠躬為禮，很有敬意地叫：「衛夫人，我來得魯莽。」

白素也由衷地道：「大駕光臨，蓬壁生輝。」

在那一剎間，我看到白素掠過了一絲驚訝的神色——我相信我自己也一樣。因為在剎那間，我們倆都有相同的感覺。

大亨的樣貌神情，我們竟都有相當熟悉的感覺。

他看來約莫五十歲以上，短小精悍，身體極壯，充滿精力，頭部比例相當大，樣貌也沒有甚麼特殊之處，可是和看照片不同，一看到了他本人，就感到很是熟悉，竟像是以前曾見過一樣。

大亨的觀察力敏銳之極，我們兩人那一閃即過的神情，竟立時被他看在眼中。

他揚眉：「有甚麼不對？」

我雙手一攤：「奇怪得很，竟像是以前，曾見過閣下一般——和看照片的感覺不同。」

大亨搖頭：「我沒有見過你，這是第一次。」

白素道：「或許是曾見過相似之人。」

大亨不再說甚麼，四面看着，我的書房之中，雜亂之至，甚麼都有，他很有興趣地看着。

看了一會，他搓着手：「初次來訪，聽說令嫒極嗜酒，我帶了幾瓶好酒來，在車上，等我去取。」

我還未曾回座，就聽得樓下傳來了一聲大叫：「好酒，甚麼人帶來的好酒？」

紅綾對於酒味，敏感之極，再密封，她也聞得出來，白素已探頭出窗：「酒在車上，你拿上來吧！」

她說着，身子後退，只覺一股勁風，自窗中捲了進來，一人一鷹，已穿窗而入，紅綾的手中，拿着老大的兩隻陶土瓶。

而紅綾那副喜不自勝的樣子，一看就可以知道，那兩隻看來毫不起眼的陶土瓶中，所盛載的，必然是非同小可的好酒。

她把兩瓶酒抱在懷中，不捨得放下來，白素向大亨不好意思地笑：「孩子自小野慣了，不知禮儀，見笑貴客。」

大亨笑道：「這才可愛，這酒——」

紅綾已拍開了陶土瓶的封口，一股酒香，瀰漫全室，那鷹銜了杯子來，紅綾作了一個手勢，那鷹一共銜來了三隻。

紅綾一面向杯中斟酒，一面道：「你們用杯，我就不用了。」她滿滿倒了三杯，那酒作琥珀色，高出杯口，足有半公分，成了一個凸面，她居然知道把第一杯酒，送到了大亨的面前。

大亨一飲而盡，那時，我和白素也各自喝酒，紅綾拿起瓶來就喝，一時之間，四人都浸在酒香之中，渾忘卻了說話。

過了好一會，等到紅綾也放下了瓶來，大亨才道：「果然是好酒，送酒之人，沒有騙我。」

紅綾舐了舐唇邊的酒，道：「這送酒的人，是大大的好人，不會騙人。」

大亨向紅綾望去，似大有深意，我心中一凜，忙道：「怎可以送酒來定人好壞。」

紅綾卻固執起來：「酒是好的，人也一定是好的，這酒，你可知是甚麼酒？」

她反用這種語氣來問大亨，問得大亨笑了起來：「我自然知道——送酒之人說了。」

紅綾洋洋得意：「這酒，有花、有果、有蜜，由彌猴自然釀成，珍貴無比，我只喝一瓶，這另一瓶，會給媽媽的爸爸……」

她說到這裡，忽然現出不捨得的神情來，略一思索，就改了口：「留給他，和他一起喝。」

白素一把把她摟在懷中，大亨嘆道：「衞先生、衞夫人，你們真幸福。」

我笑了一下，大亨又道：「這酒，是朱槿帶來的——我竟一直不知身邊的美人，有這麼大的來頭。」

他一開始就提到了朱槿，而且也說明了她的身分，這證明他想開門見山，所以我立即問他：「那麼，又是誰告訴你的呢？」

大亨抬頭一會，看來是下了決心要甚麼都說，這才低下頭來，說出了一個人的名字。

我本來期待他會說出「黃蟬」的名字來，但不是——事後我想，黃蟬本身的身分，也很是隱秘，說了大亨也不會信，要大亨接受事實，當然得要一個有地位的人才行，而大亨所說的那人，地位絕對夠了。

我沉聲道：「以閣下的地位，受各方面的『重視』，理所當然。」

大亨嘆了一聲：「臥牀之側，有人監視，當然不好，但我卻希望她仍然回到我身邊。」

我攤手：「這一點，我無能為力。」

大亨笑：「我當然不是為此而來。」

大亨一上來，就使我知道了朱槿的身分，這使我對他頗有好感。

朱槿果然是黃蟬的同類，而且，她作為大亨的情婦，是她的一項任務。

我倒很佩服大亨在知道了這一點之後，仍然想要朱槿在他的身邊——這只有兩可能，一是大亨的所有行為，都坦蕩得事無不可對人言，而這個可能是不存在的，因為大亨手段高強，翻雲覆雨，多少國際間的大事，都和他有關，或由他一手造成，其中不可告人的內幕之多，天下第一，絕不能公諸於世。

那就只剩下了第二個可能了——朱槿的媚力沒法檔，大亨再能幹，也還是男人，這「英雄難過美人關」麼，自古已然，於今依舊。

我剎那之間的感慨極多，我又立時向紅綾望去，只見白素正拉着她悄悄退出去，想來是為了怕我責備，但我還來得及瞪了她一眼——她那種「拿得出好酒來就是好人」的理論，實在危險得很，朱槿既然是黃蟬的同類，好得了哪裡去？

十一、腦汁

一時之間，我思緒甚亂，紅綾看到了我臉色不善，向我做了一個鬼臉。白素也向我一笑，略使眼色，我明白她的意思，是大亨或許不喜歡有婦孺在場，只想和我一個人談談。

大亨來了沒有多久，而我倒已可以肯定一點：他是個爽氣的人，和他打交道，比起和吞吞吐吐的米博士，爽快了不知多少倍。

所以，我也單刀直入：「閣下前來，目的何在？」

大亨忽然笑了起來，又搖了搖頭：「事情實在荒謬之極，我根本不信，本來，準備完全不予理會，可是又只有做了這事，朱槿才會回到我身邊，所以我也非做不可。聞說閣下經歷過許多古怪之極的事，所以想來請教。」

他這個「開場白」，雖然依然無頭無腦，但也總算道出了一個梗概。

我道：「請說。」

大亨道：「首先，我要請問一些問題。」

我作了一個手勢，他道：「你記述的那些故事，全是真的？」

我笑了起來：「是真是假，何必追究，譬如你這個人，若是出現在我的故事之中，看故事的人，會以為你是真是假？」

我雖然沒有正面答覆，但是大亨的理解力極強，他想了一想，沒有再就這個問題追問下去，只是點了點頭，然後又道：「有人走來告訴我，他的生命，一半是人，一半是樹木。」

我吸了一口氣——我的推斷不錯，米寄生米博士，果然是生命組合如此奇特的一個人。

他究竟為甚麼要去找大亨，看來也快可以水落石出了。

我點了點頭：「我猜想那個人，自稱叫米寄生，米博士。」

大亨現出很訝異的神情，我道：「他沒對我說，那是我自己猜到的。」

大亨一字一頓：「可是我不信。」

我嘆了一聲：「世上稀奇古怪的事太多，有許多確然難以令人相信。」

大亨道：「即使是在你的經歷之中，也沒有這樣半樹半人的生命——我已接觸過了你的全部經歷。」

我道：「謝謝你，我的經歷公諸於世，已超過四分之一世紀，一向是知者多，信者少。你可能忽略了，半樹半人的生命形式，我經歷過，記載在《還陽》這個故事之中，想想看。」

大亨道：「我當然不會忽略了這個故事——它變得和我有重大的關係。可是在那個故事中，那種生命形式的『人』，據你所記述，只是木頭，生命在木頭之中，而米博士，卻不是那樣。」

我道：「我相信情形是這樣——」

我把我和白素在一起所作的分析，說了出來，大亨伸手在我肩頭上用力一拍：「你們猜得對極了，米博士來告訴我，他是半人半樹的生命，由某一種外星人在地球上結合而成，像他那樣的生命，外星人在地球上，一共結合成了四個，兩男兩女。」

大亨說到這裡，略停了一停，向我望來，我心中仍在疑惑，那關大亨甚麼事呢？我道：「請往下說，我正在用心聽。」

大亨道：「和你談話真愉快，一點也不必轉彎抹角，也不必解釋。」

我不客氣地道：「沒有必要的話，也可以不必說。」

大亨道：「好！共是兩男兩女，其中一男是米博士，還有一女，是米博士的情侶，是一位出色的植物學家。另外那一男一女，由於大樹被砍了下來，所以變成了『木胎』，樹木的遺傳，比例大大加重，人的因素，在樹被砍下之後，就停止了生長。」

我急忙道：「等一等，據我所知，那一男一女……樹和人生命的結合，起自極早，有將近一千年了。」

大亨一揚眉：「衛先生，一切，全是米寄生告訴我的，我只是在轉述他的話——米寄生說，他在大樹身中，不是十月懷胎，而是將近千年懷胎，這才出世的，出世至今，不過三十一載。」

我吸了一口氣：「那麼，他的壽命將是——」

大亨一拍桌：「這也是我問他的第一個問題，他說，他的壽命，得的是樹木的遺傳，楠樹的壽命是多久？」

我喃喃地道：「誰知道，一千年，兩千年，或許更久。」

大亨目光炯炯，望定了我：「那等於說，米寄生這個人，是千歲人瑞。」

我苦笑：「千歲人魔。」

大亨來回走了幾步，表現出一種難以抑制的興奮。我隱約感到了一些事情的端倪，但是不能肯定，而且，也不必去深思，聽大亨說下去就是。

大亨吸了一口氣：「至於那木質化了的一男一女，在甚麼地方，你是知道的。那外星人想使他們的生命復甦——使他們人的遺傳增強，樹的遺傳消退，那麼，他們就可以和米寄生一樣了！」

我點了點頭，插了一句口：「那外星人和勒曼醫院有關，我很難想像你沒有聽說過勒曼醫院！」

大亨道：「在了解你的經歷之後，我自然知道這個醫院，在這之前，有人向我提出過，可是我以狂笑打發——我根本不信有這種事！」

他不信！難怪他和勒曼醫院沒有接觸了。當然，他不信，是因為他不曾面臨生死關頭。而我相信，勒曼醫院之中、必然有他的「後備」在！

有兩種人，要是固執地不相信一件事，很難有說服他的力量。這兩種人，一種是愚人，另一種，就是如大亨那樣，充滿了自信心的成功人士。

大亨他不信勒曼醫院的神通，就是因為他太自信；也因為他的身體強健，沒有致命的毛病發生！

我明白了這一點情形之後，很可以理解他的心理，但是我仍無法知道，何以米博士要去找他。

大亨續道：「在半人半樹的生命之中，由於人的動物性生命遺傳是『顯性』，所以像米寄生那種情形，是正常的。而那一男一女，由於遭到了意外，動物性遺傳的影響終止，由『顯性』變成了『隱性』，所以，才成了如今這種情形——米寄生打了一個譬喻，說那和人受了傷，成了癱子一樣。」

大亨說到這裡，不由自主，皺了皺眉。他現在說的事，既怪誕又玄妙，真難想像他會有興趣，當日他在聽米寄生說的時候，一定要有很大的耐性，才能聽得下去！

而且，這一切，關他甚麼事呢？

我想當時，大亨一定也曾多次把這個問題提出來。

我聽到這裡，已經明白了，我道：「要使那一男一女，變得和米寄生一樣，就必須令動物性遺傳，恢復『顯性』的作用，對不對？」

大亨點了點頭：「對這方面的知識，我本來有限得很，但經過米寄生的一番解釋，我總算有了初步的了解，情形確是如此——要大大加強人的遺傳因素，壓抑樹的遺傳，使遺傳因素中的『顯性』和『隱性』，照預定的步驟發展，那一男一女，就可以獲救了。」

我終於忍不住，把心中最大的疑問，提了出來：「你日理萬機，這些事，又複雜又與你無關，何以你竟有興趣聽米寄生說完？」

大亨現在為了這件事來找我，我當然知道事情和他是有關的，但我就是想不通有甚麼關係。

大亨伸手在臉上重重撫着：「一上來，米寄生只要求我聽，條件是他把朱槿的下落，和朱槿的來歷告訴我，他先說了，事實上，在知道了朱槿的來歷之後，我思潮起伏，心緒很亂，所以他長篇大論地說，我一大半時間在自顧自想，倒也不覺得他說得煩。」

我點了點頭：「後來，他又提出了甚麼要求？」

米寄生去找大亨，必然是有所求而去，不會是單去講那個故事給大亨聽的。

大亨望着我，現出頗是怪異的神情，我示意他先喝點酒，他連喝了三口，才道：「還是要循次序說。」

我也喝了幾口酒：「請便。」

大亨道：「米寄生又說，當日，外星人進行人、樹結合時，選擇了兩對男女，是真正的『兩對男女』，而不是『兩男兩女』。」

這話，要想一想才能明白。

我「嗯」了一聲：「是兩對夫妻？」

大亨加以糾正：「是兩對刻骨銘心相愛的情侶。」

我揚眉：「想不到外星人也那麼重視地球人男女之間的愛情！」

大亨道：「米寄生說，那樣做，倒不是為了頌揚愛情的偉大而是為了遺傳的持續。」

我遲疑了一下：「他們希望愛情的存在，通過遺傳而延續下去？」

大亨道：「是的——這其間的情形，相當複雜，米寄生向我解釋了好一會，我才明白。他說，男女之間，之所以會產生愛情，是由於兩人的腦活動頻率之間，有相愛的因素在。這種因素，是有遺傳性的。」

我長長吸了一口氣，表示明白。

大亨又道：「他們希望，兩男兩女，仍然是兩對愛侶，那麼，半樹半人的生命，就可以進一步改變孕育過程，由樹身孕育，變成人身孕育，那就更進步了！」

這次，用力點頭：「我明白了——米博士和他的愛人，有了孩子沒有？」

大亨道：「還沒有，不過，他說會有希望！」

我感嘆：「希望？」

大亨道：「這是一種全新的生命形式，你總不能期望一次實驗，便甚麼都成功的。所以，他們便特別寄望於那一男一女，希望能令他們還陽，那等於使成果增加一倍。」

我「嗯嗯」連聲——來龍去脈，我總算明白了，但是我仍然不知道那關大亨甚麼事。

大亨再喝了幾口酒：「這些事，看來和我一點關係也沒有，是不是？」

我沒好氣：「你只顧說。」

大亨道：「要令得那一男一女的人性遺傳加強，由隱性轉為顯性，唯一的辦法，是取得當年外星人『製造』他們時候的那一對男女的遺傳因子，注入那一男一女的體內，進行催化作用。」

我失笑：「這不是開玩笑嗎？事隔千年，上哪裡去找當年的一男一女去？」

大亨道：「是啊，當年的男女，當然已經早就化成灰了，但是，人的生命，是不絕地在延續的——」

他才說到這裡，我已「啊」地一聲，叫了起來，伸手指往了他，一時之間，竟至於說不出話來。

因為在那一剎間，我已把這個一直困擾我的問題，豁然貫通了！

我且不厭其煩，把我想通了的事，依次列出——這確然是難以憑空想像的事，要有了許多線索，知道所有的前因後果，才能知道最後的結果。

首先，自然是外星人需要那木質的一男一女還陽，變成和米博士一樣。

（這其間必然有外星人和黃蟬打交道的過程，可以不理，總之，雙方是有了協議的。）

其次，唯一的方法，是要由當年一雙男女的遺傳因素，把這遺傳因素注入那木質男女體內，使木質男女人的遺傳增強，更接近人，和米寄生一樣。

第三，大難題來了，千年以前的人，早已不知何處去，神通廣大的外星人，也無能為力。

第四，人的生命在延續，一代一代傳下來，遺傳因子，也由上一代傳給下一代，在不斷地延續，千年之前的人消失了，早已不在了，但是千年之前的人，他的遺傳因子不滅，在他的下一代再下一代再再下一代的體內，會永遠傳下去。只要找到了那個千年以前的人的後代，就得到了需要的遺傳因素！

最後，自然再明白不過了——大亨，是那個千年之前的一雙男女之中，男或女的後代！

這就是米寄生要找大亨的原因！

我指着大亨好一會，才放下手來。

大亨道：「你知道了？」

我們兩人，又異口同聲：「太匪夷所思了！」

我問：「他們是通過甚麼方法，查到了你是他們所需要的人？」

大亨搖頭：「我不知道——我也問了，米寄生說，那太複雜了，說了我也不會明白，而且，他自己也根本說不明白！」

要把一個千年之前的人的遺傳因素，一直追踪到現在，可想而知，那是何等複雜的一件事！

那是理論上必然存在的事，但是要化為事實，卻是難上加難，不可思議！

例如，理論上，誰都知道大將霍去病的遺傳因素，必然還在人間，可是上哪裡去找？

我留意到大亨有異樣的神情，我明白他的心意：「你還是不信這一切，對不對？」

大亨道：「對，我不信。」

我提高了聲音：「那你就不信好了，對你來說，可說一點損失也沒有。」

大亨嘆了一聲：「有幾個原因，令我困擾，要和你商討。」

我苦笑：「我可看不出我能幫你甚麼。」

大亨道：「等我說完了，再請你幫助。使我不能置身事外的原因之一是：我有那木質男人必需的遺傳因素，而朱槿，有那木質女人必需的遺傳因素。」

我呆了一呆：「這——太巧了。」

大亨道：「不是巧，而是必然——一千年前，我們由於這個因素相愛，如今，也因為這因素，使我對她着迷，一見到她，就立刻對自己說：這是我的女人。」

我把大亨的話想了一遍——這是現代大亨愛一個女人的方式，和千年之前，自然不同，但原則不變。

對了，那不是巧合，是必然。

（以此類推，世間男女，一見鍾情，相戀相親，都不是巧合，都是必然。）

大亨又道：「那時，朱槿也不知道自己的情形，甚至在見了米寄生之後，她仍然不知道，直到米寄生把她帶走，她見到了她那同伴，那同伴的名字叫黃蟬——」

聽到這裡，我發出了一下古怪的聲音，令大亨停了一停，才再說下去：「黃蟬和那外星人，只找到了我是他們需要的人，沒想到朱槿來了之後，極偶然地，發現了她是他們需要的另一個：這一來，令那木質男女——變人的條件成熟了。」

大亨說到這裡，停了下來。

我問：「他們要你怎麼做？」

我問的這個，是一個關鍵性的問題，必然是外星人的要求，令大亨為難，他才來找我的。

大亨吸了一口氣，一字一頓地道：「要在我的腦中，抽取一種內分泌，這種內分泌，專司遺傳因素之責，要分二十次或更多時間來抽取，每次抽取的時間是一星期。」

大亨在講完了那番話之後，不由自主，腦門上有汗珠沁出來。

人沒有不看重自己生命的，越是財勢大的人便越是珍惜生命，大亨自然也不例外，當他想到自己要被人抽取腦汁時，自然不免恐懼萬分。

我心知抽取他腦部的內分泌，必然是要來注射進那木質男人身中，想來朱槿也會如此。

我苦笑了一下，這種「借人頭」和「與虎謀皮」也差不多了，也只有米博士這樣不通世務的人，才會直截了當地向大亨提出來。

更奇怪的是，大亨竟然又很是認真地考慮，可以肯定，米博士答應他的好處，不單是能和朱槿長相廝守而已。

在紊亂的思緒之中，我忽然想到了一點，我大搖其頭：「不對！不對！」

大亨向我望來，像是對我這種異特的反應，並不感到意外。

我一揮手：「不對，米博士和那外星人，不必這樣求你，他們可以輕而易舉，在勒曼醫院複製一個你出來，就利用那個複製的你好了！」

大亨極用心地聽着我的話，雙眼放着異樣的光芒，顯得對我說的番話，有興趣之至。

一等我說完，他就急不及待地道：「是真的？勒曼醫院真的可複製一個我……一個和我一模一樣的人！」

我道：「當是，我絕對可以肯定——和你常有交往的人，不少是利用了這種

『後備』的器官移植，不然，早已離開人世了！」

大亨深深地吸了一口氣：「原來是真的，他們告訴我，我都不信！」

我大聲道：「我一說你就信了，謝謝你的信任——我剛才提出的——」

大亨道：「米寄生也對我說了，米寄生說，複製一個身體容易，但是複製的身體，沒有思想，也就是說，腦部沒有需要的那種內分泌素！」

我呆了半晌，道理再簡單不過，所以，非動用大亨的尊腦不可。

我道：「那你煩惱甚麼呢？你若認為再危險，不願意，一口拒絕就是。」

大亨苦笑：「可是他們的許諾，太誘人了。」

我道：「為了美人——」

大亨搖頭：「我和朱槿，既然有互相愛戀的遺傳因素，除非一生沒有機會相見，不然，一見就必然難分難捨——所謂男女之間的緣份，無非是腦部的某一種內分泌在起作用而已。」

我嘆了一聲：「給你這麼一說，愛情再無浪漫可言。」

大亨道：「怎麼不浪漫？人類到現在為止，甚至還不知道自己的腦部有這種因素存在，這就夠浪漫的了。」

我道：「好了，不是為了美人，那是為了——」

大亨吸了口氣：「他們先是一再保證，在腦部抽取內分泌，聽來雖然駭人，但絕對安全，只是要化我半年時間而已。」

他在說這番話時，望定了我，像是在徵詢我的意見。我答得很慎重：「沒有理由懷疑他們的保證。」

大亨對我的信任，使我感到意外，他道：「你這樣說，我就放心。」

他說了之後，頓了一頓，才又道：「他們給我的好處，是答應我的生命，可以幾乎隨心所欲地延長，而且，那一直會是強健的生命，沒有衰老——他們真可以做得到這一點嗎？」

我已經知道，他來見我，並不是要求我甚麼幫助，只是向我求證一些事是否能實現。

我點頭：「是，他們完全有能力做到這一點，直到你自己不想活了為止。」

大亨先是長長地吁了一口氣，一副心中疑難，得到了解決，如釋重負的神情。

然後，笑了起來：「世上還有人不想活的嗎？」

我道：「有，非但有人不想活，還有人連死了之後的靈魂存在都不想要，努力在追求大解脱的。」

大亨呆了片刻，他當然不明白我的話。他道：「和你説話，真有意思。」

我衷心地道：「謝謝你那麼信任我的意見。」

大亨站了起來，用力揮動雙手：「我相信自己對人的判斷力！」

十二、帝后傳奇

他在這樣說的時候，停止了動作，定定地望着我。在那一剎間，我認出他像甚麼了，難怪我第一眼見到他，就有眼熟之感。

我揚聲叫白素：「快來看！」

白素應聲而入，我也顧不得禮貌，直指着大亨：「你看，他像誰?我們見過的！」

白素微笑：「你到現在才看出來?我第一眼就已經注意到了。」

大亨奇道：「我像誰啊？」

我大聲道：「你沒有見過那一男一女木質人？」

大亨「啊」地一聲：「我像那個男的？」

我點了點頭：「若是朱槿像那個女的，那真是出色的美女。」

大亨吸了一口氣：「這樣說來，米寄生說的，全是事實，那個木質人，他說，算起來是我幾十代祖先，和我是有着同一遺傳的。」

我不大禁好奇，問：「米寄生有沒有告訴過你，你的祖先是誰？」

大亨忽然現出了極其古怪的神情來，那更令得我心癢難熬，而白素道：「如果你不想說，大可不說。」

大亨笑：「不是我——賣關子，是我如果說了，你們一定以為我向自己的臉上貼金。」

我怔了一怔——他這樣說——等於告訴我們，他的祖上是一個了不起的人物，這可真有點匪夷所思，固然他如今就是一個了不起的人物，不必借助祖宗的光輝，除非他的祖上比他更了不起。

我一面想，一面脫口道：「不行，非說不可。」

大亨望着我，現出了相當自豪的神情來：「外星人創造那木質人，以人為父，以樹為母，那人，就是我的祖先，一代一代傳下來，所以我腦中的遺傳因素，才能使那木質人還陽。」

我道：「這些我們都知道了——你那祖先是誰了？」

大亨又道：「這一切，全是那外星人考查出來的，可不是我自己吹噓。」

我笑了起來：「好了，那是誰？」

大亨道：「他的名字，以氏族為姓，是學兒隻斤貴由。」

我陡地一呆，立即向白素望去，只見白素也是一副吃驚不已的神情。

若然大亨不把他所說的這個人的氏族名稱放在前面，只說名字叫「貴由」，我必然要費一番功夫，才能想起那是甚麼人來。

又若然不是前一陣子，為了尋找成吉思汗的墓，多接觸了蒙古人建立的人類有史以來最大帝國的歷史，我也根本不會知那是甚麼人。

成吉思汗是蒙古部落學兒隻斤氏族人，所以歷史上就稱他為學兒隻斤鐵木真，一般人簡稱他的名字是鐵木真。

鐵木真成吉思汗，是歷史上的大名人，建立的朝代叫「元朝」，他是元太祖。接下來做元朝皇帝的也大大有名，叫窩闊台的，是元太宗，再下來的元朝皇帝之中，有名的是蒙哥元憲宗（在《神雕俠侶》中被楊過打死的那個）。然後是一個更著名的，忽必烈，元世祖。

而在蒙哥之前，窩闊台之後，有一個元朝皇帝，元定宗，在位五年，似乎比較

「冷門」，沒有那麼知名，他的名字是貴由。

也就是大亨才說的那個名字。

大亨是貴由的直系。

不論著名也好，不出名也好，窩闊台、蒙哥、忽必烈、貴由，都是一代天驕成吉思汗的後代，體內有着成吉思汗的遺傳因素。

一直到如今的大亨，都是。

難怪大亨說，講了出來之後，人家會以為他在向自己的臉上貼金了！

原來他有那麼大的來頭。

我和白素，過了好一會，才吁了一口氣，白素低聲道：「怪不得！」

我望着大亨：「這……勢力伸展到全世界去的遺傳因素，竟然這樣如響斯應，真是不可思議！」

大亨喝了一大口酒：「我總是覺得不滿足，總是覺得世界上還有我勢力不能影響的地方，哪怕這地方千里荒野，闃無人煙，我總要千方百計，不惜代價，一定要達到目的才休——當我這樣做的時候，有一股狂熱，在我心頭燃燒，非達到目的不可，不然，我會被自己燒死！有時清醒下來，也懷疑自己這樣子，是不是屬於變態，再也想不到，原來竟是祖宗的遺傳——誰叫我有這樣的一個祖宗！而任何人，是無法選擇自己祖宗的！」

大亨的這一番剖心真摯的話，聽得我和白素兩人，半晌則聲不得。

過了一會，白素才道：「也不能全怪在祖宗身上——試問，鐵木真的超級野心，又自何而來？」

大亨毫不遲疑：「自然也是由於上代祖宗的遺傳，一路上溯上去，不是說人是由猴子進化來的嗎，或許我們就有當年一隻猴子王的遺傳！」

大亨的話很滑稽，但是我卻笑不出來，遺傳因素是如此固執地一代一代遺傳下來，只怕不但可以上溯到猴子，甚至可以上溯到三葉蟲！

我很認真地道：「成吉思汗的子孫繁衍，現在自然無法數得清有多少人，但也當然不是每一個人都得到了他雄才大略的遺傳。」

大亨點頭：「是，遺傳因素……米寄生也説，計算它的由來，複雜之至，不知道甚麼時候冒出來，而且，人有許多上一代，也不知道是哪一個上一代的遺傳因素會在自己體內發作，這種全然無法控制的情形，想深幾層，很是可怕。」

白素笑了起來：「怕甚麼，聽天由命吧了！」

我和大亨，都深深吸了一口氣，白素忽然笑問：「那位朱槿女士的祖宗，一定可以上溯到海迷失皇后了？」

元定宗的皇后叫海迷失，據傳帝后兩人的感情極好，朱槿自然是有了這個遺傳，這才心甘情願成為大亨的情婦——雖說她有「任務」，但公私兩便，倒也其樂融融。

大亨也笑：「米寄生説是——真好笑，我根本是第一次聽到『學兒隻斤貴由』和『海迷失』這個名字！誰知這一千多年以前的人，竟直接影響到我的一生！」

他伸手在額頭上輕拍着，我也不由自主，做傚他的動作，因為這一切，令人感到暈眩，需要輕輕的拍打，好令自己清醒。

大亨又道：「我是一個極度現實的人，這一切，對我來説，猶如神話一般，我根本不信。人人都説可以來問你，你的意思是，這全是實在的了？」

我點頭：「我相信是！」

大亨長長地吸了一口氣：「那我用半年的時間，去換取幾十年甚至更多的健康生命，又可以和朱槿長相廝守，也賣了交情給外星人和黃蟬，這買賣，可以說是化算之至了，對不對？」

他還沒有得到我的回答，就站了起來，看來是準備去接受這交易了。

我當然沒有理由去破壞這「交易」的進行，我和白素，都曾見過那木質的一男女，都留有一見便難以磨滅的印象，都很希望他們能變成可以活動的人。

但是大亨既然對我如此信任，我也有義務，替他在各方面想一想。

我作了一個手勢，示意他先別離去，然後，我通盤想了一想，化了不少時間，大亨居然耐着性子在等。

我想好了之後，才道：「你和那木質男人，有共同的遺傳，這一點可以肯定，因為你們的相貌，居然很是相似。這件事，你只有一點，需要考慮。」

大亨很感激我認真為他考慮，忙道：「請說。」

我道：「那木質男人，在得到了你的某種內分泌之後，變成了可以活動的人，從你的例子來看，也必然雄才大略，野心非凡，他又有非比尋常的背景，只怕很快地，在各方面，都會成為你的對手——別忘了你的祖宗，在爭奪權位的鬥爭中，是很有過一番輝煌記錄的！」

大亨呆了一呆，他顯然絕未想到過這一點。

過了一會，他才收起了曾在一剎間略顯徬徨的神情，回復了自信：「不要緊，他的一半遺傳來自樹，和我不同，我不但有父系的遺傳，還有母系的遺傳，他就算和我鬥，也敵不過我。」

我認為他說得有理，其實我故意這樣說，也是為了試一試他為人的態度，若然他竟因之放棄，那麼他這個人，雄心再強，也就有限了——真有雄心的人，是不怕任何力量挑戰的。

我望着他：「那你準備去進行『交易』了？」

大亨陡然生疑：「有甚麼理由我不應該去嗎？」

我感到白素在向我示意，但是我卻裝着看不見，我道：「你不要着急先，等一等。」

大亨跟着問：「等甚麼？」

我道：「等我和勒曼醫院的那個外星人聯絡一下——如果你認為沒有必要，那就不必等了。」

大亨深深地吸了一口氣，由衷地道：「謝謝你為我着想，我來找你，聽你的意見，果然不錯。」

我道：「這是一宗大交易，是大交易，總是小心一點的好。」

大亨連連點頭，白素卻向我說了一句唇語：「你真多事！」

我回了她一句：「那外星人和黃蟬，都極可惡，讓他們心急一下！」

白素自然看出了我的心意，我在整件事中，被當着「外人」，但偏偏不斷有人上門來要求幫助，這是明擺着利用我，我可沒有那麼容易被人利用。

我示意大亨鬆弛一下，我拿起電話，和勒曼醫院聯絡，在又聽到了那年輕的聲音之後，我道：「叫那個曾把人樹結合的外星人來通話——先告訴他，大亨在我這裡，他的計劃想繼續，就別再擺臭架子！」

這一番「發作」，果然很有用。不一會，就有人來應聲，聲音沉重：「衛君，請大亨早作決定，那兩位的情形不是太好，木質迅速侵入腦部，再延誤，便無藥可救。」

我冷笑一聲：「你現在知道着急了——」

我話還未說完，就接觸到了白素嚴厲的眼神，那使我心中一凜，同時，也立刻感到，我太小器了，是我的不是。所以我忙道：「大亨已有了決定，只是不知道手術在何處進行？」

那外星人道：「當然是在勒曼醫院，朱槿女士已經在了，有一位黃蟬女士請我轉告你，請你放心，那兩個人『還陽』之後，他們不會有任何插手——那是我和他們之間的協議。」

我「嗯」了一聲，心中不禁佩服黃蟬知我心意。黃蟬知我與他們為敵，怕那一男一女將來為他們利用，所以就會阻止大亨去救人。她把話說在前頭，消除我的顧慮。

而且，手術安排在勒曼醫院進行，自然安全無比。

我立時道：「祝你成功，還有最後一個問題。」

那外星人道：「請問。」

我道：「從一開始，你就使用『還陽』這個詞，好像不是很妥貼——那一男一女並沒有死，你所做的，是令他們的生命形式轉移。」

那傢伙笑了起來：「你誤會了，當初對生命的設計是人為陽，樹為陰。後來發生了意外，陰盛陽衰，以致人成了木質，我說的『還陽』，是還他本來的陽性，和你們的『陰間』、『陽間』說法不同！」

我「哦」地一聲——直到此時，方知他口中的「還陽」是這樣的意思。

白素在這時，插言道：「我們還能見到米博士嗎？」

她得到的回答是：「那要由他來決定！」

溫寶裕恰好在這時，推門而入，他立即大聲道：「如何和他聯絡？」

我笑道：「小寶，你這是多此一問了——如果你要找一位作家，你如何和他聯絡？」

小寶眨着眼：「去找出版社——寫信到出版社去！」

我道：「這就對了，找作家，寫信到出版社，找遺傳學家，世界上遺傳研究所並不很多——」

說到這裡，那外星人已插嘴道：「設身處地，我想他不會再見你們！」

溫寶裕大聲道：「為甚麼，我們又怎會把他的手指剁一個下來——雖然明知他可以再長一個出來。」

大亨竟也來湊趣：「是啊，再見到他，我至多也不過在他身上摸摸捏捏而已！」

米博士的身分，雖然怪異之極，但是見過他的人，都由於他的俊美溫柔，留下深刻的印象，都不會把他當成可怕的異類，而一提起他，我有一股親切感，所以連大亨也來說笑。

那外星人也笑了起來：「這就夠令人難受了，各位也不會喜歡給人摸摸捏捏的吧！」

溫寶裕道：「請你轉告他，我們可以成為朋友，何況，他還有一本電子筆記本在我這裡，要還給他。」

外星人忽然道：「你是——」

溫寶裕報上了姓名，外星人「啊」地一聲：「是你把筆記本中的資料全部清除了的？」

溫寶裕伸了伸舌頭：「我做錯了？」

外星人遲疑了一下：「不，我……我很迷惑，因為這不是地球人的行為，地球人好奇心重，完全與之無關的事，也要多方設法探聽，更喜歡窺人隱私，你肯把筆記本中的資料全消除，真有點異常！」

溫寶裕先問：「你怎麼知道我清除了資料？」

外星人笑：「那不是普通的筆記本，它和大型電腦有聯繫，資料一被消除，就知道了。」

溫寶裕頓足：「老實說，我是不知道，不然，豈可放過這個窺秘的機會！」

外星人「哈哈」大笑：「說得好，我還以為，那麼久了，我還不了解地球人！」

接着，他叫着大亨的名字：「朱槿在家等你，你跟着她來就是！」

大亨一聽，大是急不及待：「我立刻來！」

他握住了我的手，連連搖動，又想跳窗而出，我把他推向門口。

大亨離去之後，我把情形對溫寶裕說了一遍——才說開頭，小郭也來了。

等我說完，他們兩人一起問：「結果會怎樣？」

我道：「我對勒曼醫院太有信心了，結果，自然如預期一樣，那一男一女，變成如米博士一樣的異類人，而且，根據遺傳因素的安排，繼續他們的戀愛。」

溫寶裕大是嚮往：「如此說來，『生生世世，永結同心』這種說法，竟不是空話，而是可以實現的了？」

我道：「理論上說，確實可以，但是以後一男一女，又是原來的一男一女！」

這話聽來有點複雜，但想一想，也容易明白：大亨和朱槿的戀情，是元朝一代帝后的延續，但是他們不是那帝后。

溫寶裕大聲道：「一定要再見米博士，有不少事要向他請教！」

溫寶裕的願望，在大約半年之後實現，先是早兩天，在報上看到大亨的消息，說他在北歐作出了一項影響巨大的開發計劃——可想而知，那是離開了勒曼醫院之後的順便所為。

接着，便是那外星人的電話：「一切順利。還有，米博士願意來見你們，明天就到。」

我立刻把這消息告訴了溫寶裕，溫寶裕大喜，第二天一早，就來到了，他先取出那本電子筆記本和我研究，我和他都看不出甚麼名堂來。

將近中午時分，門鈴響起，溫寶裕大叫一聲，打開了門，一把就抱住了在門口的米博士。

米博士被他的行動，鬧得尷尬之至，我和白素連聲喝止，溫寶裕這才鬆開，仍拉着米博士的手，側着頭，對米博士打量不已。

我和白素都關心那一男一女，齊聲問：「你那兩個同類，情形如何？」

米博士道：「理想之至，再過一年，就可以和我一樣，多謝你們的大力相助。」

我道：「太客氣了，以你們……以那外星人的能力，把大亨硬捉了去，也不是難事！」

米博士伸手指着頭：「可是這一來，產生強烈的反抗情緒，內分泌會生變化，連帶遺傳因素，也起變異，所以一定要自願。」

溫寶裕問：「那天，你人還沒到朱槿處，就有電話來找你——」

米博士笑：「就是我那個創造者，他那時已知朱槿的來歷，所以趕着要見我。」

在接下來的時間中，小寶一直目不轉睛，打量米博士，最後感嘆：「古人形容美男子，用『玉樹臨風』這樣的句子，真是確切。」

米博士笑：「當然確切，我本來就是一棵樹啊！」

（全文完）

勤+緣出版社書目

衞斯理科幻系列

1	電王	（七版）
2	黃金故事	（六版）
3	從陰間來	（十七版）
4	到陰間去	（十七版）
5	遊戲	（五版）
6	陰差陽錯	（十五版）
7	禍根	（十八版）
8	生死鎖	（八版）
9	陰魂不散	（十五版）
10	許願	（十七版）
11	還陽	（十五版）
12	運氣	（十三版）
13	開心	（十五版）
14	將來	（十三版）
15	改變	（十三版）
16	闖禍	（十三版）
17	解脫	（十三版）
18	遺傳	（十三版）

倪匡科幻系列

1	消失女神	（九版）
2	離魂奇遇	（八版）
3	困獸	（三版）
4	夜光	（三版）
5	神話世界	（七版）
6	妖偶	（二版）
7	四條金龍	（二版）
8	飛焰	（四版）
9	魔像	（四版）
10	鬼鐘	（四版）
11	通神	（四版）
12	蛇神	（四版）
13	火鳳	（四版）
14	異人	（四版）
15	怪頭	（四版）
16	蜂后	（四版）
17	巨龍	（四版）
18	解開死結	（四版）
19	死結	（四版）
20	遊魂	（四版）

奇幻系列

△1	轉世	余過著	（五版）
2	隔世冤	寬齋著	（三版）
△3	殘酷蜜月	余過著	（五版）
4	陰陽證	寬齋著	（三版）
△5	重返前生	余過著	（五版）
6	鬼惑	商魂布著	（二版）
7	公主墳	史國艮著	（二版）
8	追魂劫	商魂布著	（二版）
9	血誘	寬齋著	（二版）
□10	血雨艷桃紅	張宇著	（四版）
□11	十世仇	張宇著	（二版）
12	老床	史國艮著	（二版）
13	電話追命	商魂布著	（二版）
14	鬼太郎	寬齋著	（二版）
15	鬼日記	余無語著	（二版）
16	寡婦咒	靈子著	（一版）
17	屋邨猛鬼錄	李大幫著	（五版）
18	鬼拳王	余無語著	（二版）
19	鬼爺爺	商魂布著	（一版）
20	卜命	寬齋著	（一版）
21	鬧房	史國艮著	（一版）
22	鬼妾	寬齋著	（一版）
23	最後的化粧	高青著	（一版）
24	蘭桂坊夜話	余無語著	（二版）
25	屍戀	靈子著	（一版）
26	腐屍還陽	寬齋著	（一版）
27	不歸門	寬齋著	（一版）
28	義莊夜驚情	余無語著	（一版）
29	屋邨猛鬼錄(2)	李大幫著	（五版）
30	新棺舊魂	寬齋著	（一版）
31	勾魂女	寬齋著	（一版）
32	秋墳	余無語著	（一版）
33	輪廻恨	寬齋著	（一版）
34	還淚井	寬齋著	（一版）
35	出爐異聞	余無語著	（一版）
36	不離人	寬齋著	（一版）
37	屋邨猛鬼錄(3)	李大幫著	（三版）
38	小魔煞	寬齋著	（一版）
39	死劫難逃	寬齋著	（一版）
40	鬼影幢幢	余無語著	（一版）
41	人間地獄	寬齋著	（一版）
42	十大猛鬼公園	李大幫著	（二版）
43	斷魂崖	余無語著	（一版）

張宇玄幻系列

1	血雨艷桃紅	（四版）
2	十世仇	（二版）
3	鬼媒	（三版）
4	摸骨	（四版）
5	戲班	（一版）
6	馬季開鑼	（三版）
7	鬼臉	（二版）

＊即將出版　△見余過四人夜話系列　□見張宇玄幻系列

8 色鬼 （二版）
9 母夜叉 （二版）
10 趕鬼入窮巷 （二版）
11 破法 （二版）
12 脫胎換骨 （二版）
13 胎痣 （二版）
14 尋仇 （二版）
15 收脚印 （二版）

余過四人夜話系列

1 轉世 （五版）
2 殘酷蜜月 （五版）
3 重返前生 （五版）
4 偷魂 （五版）
5 枕邊魔劫 （四版）
6 殺頭遊戲 （三版）
7 沒有腳的女人 （三版）
8 蝶妻 （三版）
9 變形 （二版）
10 命運奇談 （二版）
11 天際骷髏船 （二版）

多情系列

▲1 三生石 孔 昭著 （二版）

2 今夜沒有約 嚴 沁 梁鳳儀等著 （二版）
3 絕對討厭的女孩 羅穎思著 （一版）
4 鬼城 賈平凹 梁鳳儀等著 （二版）
5 女兒經 程乃珊著 （一版）
6 雲水依依 夏小詩著 （一版）
7 道是無情 汪曾祺 羅芙榮 梁鳳儀等著 （一版）
▲8 燃燒彩虹 孔 昭著 （二版）
9 魔少年 吳敬子著 （一版）
▲10 月夜傳奇 孔 昭著 （二版）
▲11 再見茉莉 孔 昭著 （二版）
▲12 紫女 孔 昭著 （二版）
13 過把癮就死 王 朔著 （一版）
14 金融家 程乃珊著 （一版）

嚴沁浪漫系列

1 夏之迷惑 （四版）
2 無情谷 （二版）
3 也是重逢 （二版）
4 盈雪 （二版）
5 長街 （二版）
6 沉沉黑夜 （二版）
7 燈火闌珊處 （二版）

8 不死的夢 （四版）
9 餘情未了 （二版）
10 玻璃命 （二版）
11 此岸彼岸 （二版）
12 該不該讓他知道 （二版）
13 有月亮的早晨 （二版）
14 午夜陌生人 （一版）
15 沒有愛情的故事 （二版）
16 雨樹 （一版）
17 風裡人 （二版）
18 折翼的天使 （二版）

寫眞小說系列

1 還似無情 張寶兒著 （二版）
2 嫁後 張寶兒著 （二版）
3 撲蝶 張寶兒著 （一版）
4 回首已三生 張寶兒著 （二版）
5 塵緣 張寶兒著 （一版）
6 婚姻大事 張寶兒著 （二版）
7 又是曾經 張寶兒著 （二版）
8 花不迷人 張寶兒著 （一版）
9 晚來天欲雪 張寶兒著 （一版）

孔昭驚情小說系列

1 三生石 （二版）
2 燃燒彩虹 （二版）
3 月夜傳奇 （二版）
4 再見茉莉 （二版）
5 紫女 （二版）
6 捕月 （一版）

奇案系列

1 撕票 林 蔭著 （一版）
2 千里追兇 捍衛者著 （一版）
3 城市戰爭 捍衛者著 （一版）
4 重案傳眞 捍衛者著 （一版）

推理系列

1 重殺 施 雨著 （一版）
2 噬 人 笹澤左保著 林敏生 譯 （一版）
3 丸之岬奇案 吳民民著 （一版）
4 山下藏金之謎 吳民民著 （一版）
5 世紀末的挽鐘 吳民民著 （一版）

實用系列

1 兩餸一湯(一) 李曾鵬展著 （五版）
◎2 居室風水 芳草軒著 （五版）
3 風水新講場 宋韶光著 （七版）
4 兩餸一湯(二) 李曾鵬展著 （四版）

＊即將出版　▲見孔昭驚情小說系列　◎見芳草軒系列

5 家庭實用療方 李 南著 (二版)
6 家事錦囊 李陳雅賢著 (二版)
7 職業婦女三餐樂 蔡麗容著 (二版)
8 斗換星移說命運 戴添祥著 (二版)
9 法律八寶飯 毛錫强著 (三版)
10 猴年運程 蔡興華著 (二版)
11 生意經 李寶光著 (一版)
12 名廚巧手菜 陳 東著 (二版)
13 靈測玄機 阿 樂著 (三版)
14 兩餸一湯(三) 李曾鵬展著 (三版)
15 九二年加國移民指引 霍子孟著 (二版)
16 鐵板神數趣談 阿 樂著 (四版)
17 吃雞百變法 蔡麗容著 (二版)
18 清潤湯水 李 南著 (二版)
19 實用抗癌藥膳 常敏毅著 (二版)
20 法律小錦囊 毛錫强著 (三版)
21 滋補粥品 戴麗嫦著 (二版)
22 改變生命的密法 邱 彰著 (一版)
23 家事萬靈通 李陳雅賢著 (二版)
24 豆腐百變法 蔡麗容著 (二版)
25 保健素食精選 丁元義 王龍驤等編著 (二版)
26 涼拌美食 戴麗嫦著 (二版)

27 吃蛋百變法 蔡麗容著 (二版)
28 親親孩子心 初 子著 (二版)
29 風水百答 宋韶光著 (五版)
30 瓜類百變法 蔡麗容著 (一版)
31 調味料妙用法 戴麗嫦著 (一版)
32 做個大方女人 張瑪莉編 (五版)
33 教你睇風水 正 翁著 余無語編訂 (三版)
34 一味三食 馮金陵著 (二版)
35 滋味海鮮餐 戴麗嫦著 (二版)
36 淡水魚百變法 蔡麗容著 (二版)
37 妙語連珠 宋韶光著 (一版)
38 鷄年運程 蔡興華著 (三版)
39 秋冬火鍋保仔菜 馮金陵著 (二版)
40 親親孩子心(二) 初 子著 (二版)
41 名人命理 盧恆立著 (二版)
42 甜品百變法 蔡麗容著 (二版)
43 改變婚姻的密法 邱 彰著 (一版)
44 三元九運論風水 盧恆立著 (二版)
45 懷舊菜譜 馮金陵著 (一版)
46 Keep Fit 甜品 戴麗嫦著 (一版)
47 命轉乾坤話風水 戴添祥著 (一版)
48 新意家常菜 李曾鵬展著 (二版)

49 情場衆生相 林淑霞著 (一版)
50 四柱八字話名人 盧恆立著 (一版)
51 養顏妙品 戴麗嫦著 (一版)
52 自學美髮術 戚其光著 (一版)
53 家居好風水(合訂本) 宋韶光著 (三版)
54 術數縱橫—揭鐵板、紫微、子平等秘奧 正 翁著 余無語編訂 (二版)
55 王亭之談斗數與玄空 王亭之著 (三版)
56 常見病飲茶療法 譚 眞著 (一版)
57 現代建築與風水 蔣匡文著 (二版)
58 名廚滋補美食 陳 東著 (一版)
59 新一代健康飲食 瑪麗連戴蒙著 CY譯 (三版)
60 親親孩子心(三) 初 子著 (一版)
61 法律傳訊站 毛錫强著 (一版)
62 奇人奇事奇風水 正 翁著 余無語編訂 (一版)
63 風水八字考奇案 盧恒立著 (一版)

梁媽媽快樂家庭系列

1 Fit到盡 (二版)
2 辣到跳 (一版)
3 兒童麵點 (二版)

芳草軒系列

1 居室風水 (五版)
2 室內風水禁忌 (二版)

投資企管系列

1 香港股票投資勝着 譚廣流著 (五版)
■2 炒蚊股致勝術 古鎮煌編 思 敏著 (四版)
3 股票入門 鄧曾瑞紛著 (三版)
•4 中國投資手册 初保泰著 (五版)
■5 九十年代推銷術 燕 冬著 古鎮煌編 (三版)
■6 賺錢與花錢 古鎮煌著 (二版)
■7 英國地產投資指南 燕 冬著 古鎮煌編 (二版)
8 小國投資創富 任枝明著 (二版)
9 東歐投資先鋒 張志誠著 (三版)
10 投資啟示錄 錢炳恩著 (二版)
•11 中外合營投資效益分析 蒲明書著 (二版)
12 中國外銷樓盤大全 韋昌汶著 (二版)

* 即將出版　• 見中信企管系列　■ 見古鎮煌系列

■13 外滙投資致勝術 思敏著 古鎮煌編（三版）
•14 中國投資稅收顧問 馬國賢 張華國編著（三版）
■15 錢眼看世界 思敏著 古鎮煌編（三版）
16 開拓中國市場廣告促銷法 韋昌汶著（三版）
17 投資中國企業股秘笈 黃戴潔瑩著（二版）
18 開創銷售新路向 高培新著（二版）
19 私有產權的疑惑 黎偉聰著（一版）
20 中國熱門經濟開發區投資指南 商報資料組（二版）

古鎮煌系列

1 炒蚊股致勝術 思敏著 古鎮煌編（四版）
2 九十年代推銷術 燕冬著 古鎮煌編（二版）
3 賺錢與花錢 古鎮煌著（三版）
4 英國地產投資指南 燕冬著 古鎮煌編（三版）
5 外滙投資致勝術 思敏著 古鎮煌編（三版）
6 錢眼看世界 思敏著 古鎮煌編（二版）
7 上班族投資指南 古鎮煌著（三版）
8 旅行者的故事 古鎮煌著（三版）
9 生活經濟學 古鎮煌著（三版）

名家系列

1 冬雨 王蒙著（一版）
2 男男女女 王安憶 張辛欣 等著（一版）
3 小人物自述 老舍著 舒乙編（一版）
4 風過耳 劉心武著（一版）
5 冰心九旬文選 冰心著（三版）
6 表姐 王蒙著（一版）
7 藍夜叉 劉心武著（一版）
8 裸雪 從維熙著（三版）
9 小販世家 陸文夫著（一版）
10 活佛 高澍著（一版）
11 柏克棻傳眞 陳若曦著（二版）
12 走出細雨濛濛 陳若曦著（三版）
13 關於女人 冰心著（二版）
14 關於男人 冰心著（一版）
15 老舍英文書信集 老舍著 舒悅譯註（一版）
16 說眞話的文學 巴金等著（一版）
17 情知不是伴 蔣子龍著（一版）
18 世故人情 張愛玲 賈平凹 等著（一版）
19 空巢 從維熙著（一版）
○20 川端康成散文選 川端康成著（一版）
21 炮打雙燈 馮驥才著（一版）
22 殺星 劉心武著（一版）

名門望族系列

1 列根夫人與星象學 秋紅著（一版）
2 香港女富豪列傳 方曉雲著（二版）
3 富豪第二代 韋昌汶著（一版）
4 世紀婚姻和它們的結局 秋紅著（一版）
5 名人初戀故事 錢進 楊國慶 編著（一版）
6 五十年代香港足球 區志賢著（一版）
7 港澳名人風采 王寅城等著（一版）

智慧系列

1 墨趣 謝宏中著（一版）
2 箴言精選 何文滙著（三版）
3 王子復仇記（增訂版） 何文滙著（一版）
4 論道德的起源 尼采著 周紅譯（一版）
5 藍田日暖 蔡炎培著（一版）
6 藝壇藝談 徐子雄著（一版）

漫畫系列

1 六韜 王宣銘著（一版）
2 智囊 王宣銘著（一版）
3 三十六計 王宣銘著（一版）
4 黃石公三略 王宣銘著（一版）

散文系列

1 不甘寂寞 邵國華著（三版）
2 八方羣英 岑逸飛著（二版）
3 廣告高興坊 潘啟迪著（一版）
4 過眼雲烟 林洵著（一版）
5 兩談食性 王亭之 姚香雄 著（一版）
6 倪震的心 倪震著（一版）
7 你不是我最好的朋友 鄺世安 林竺霓 著（一版）

＊即將出版　○與百花文藝出版社聯合出版

8 彷彿是昨天　黃　霑著（三版）
9 妙不可言　朱維德著（一版）
10 奇聞異錄　可　飛著（一版）
11 兩重腳跡　王亭之著（一版）
12 二水集　梁鳳儀　舒　非　林　洵著（一版）
13 外交趣聞　徐行舟編著（一版）
15 芳草遍地　陳左洱著（一版）
16 曠古的印記　彥　火著（一版）

世紀末趣智系列

1 警告男男女女　周　洪著（一版）
2 九七年前—大陸財路　周　洪著（一版）
3 警告夫妻　周　洪著（一版）
4 九七年前—大陸私情　周　洪著（一版）

世界翻譯叢書

1 情牽一線　芭芭拉卡特蘭著（一版）

電視日報
勤+緣出版社　聯合出版

娛樂叢書

1 Top星收入榜　宇文穎著（一版）

---

2 擁抱黎明　文　晞著（二版）
3 眞情流露　文　晞著（二版）
4 冷艷的背後—翟俐　蒲　莉著（一版）

經濟日報
勤+緣出版社　聯合出版

經濟日報叢書

1 高官厚錄　陳毓祥等訪問錄（二版）
2 力爭上游　姜趙玉蓮著（二版）
3 人生網絡　麥華章著（一版）
4 自強不息　姜趙玉蓮著（一版）

壹出版有限公司
勤+緣出版社　聯合出版

開卷一族叢書

1 壹盤生意　壹週刊主編（四版）
2 壹笑集　壹週刊主編（四版）
3 富豪密室　壹週刊主編（四版）
4 IQ挑戰站　壹週刊主編（三版）
5 事實與偏見　黎智英著（三版）
6 壹手興家　壹週刊主編（三版）

三思傳播有限公司
勤+緣出版社　聯合出版

資本家顧問叢書

1 世界華人富豪列傳（四版）
2 Forbes 華人富豪榜（四版）
3 世家大族（四版）

中信出版社
勤+緣出版社　聯合出版

中信企管系列

1 中國投資手册　初保泰著（五版）
2 中外合營投資效益分析　蒲明書著（二版）
3 中國投資稅收顧問　馬國賢　張華國編著（一版）
4 防範貿易欺詐指南　孫丁傑著（一版）
5 怎樣開拓中國大陸市場　杜定平　張建平主編（一版）
6 中國對外經濟貿易實務問答　汪堯田主編（一版）

勤+緣出版社
香港管理專業協會　聯合出版

香港管理專業協會叢書

①—④ 現代市場管理——
1 市場拓展策略（一版）
2 廣告策略（一版）
3 推銷管理策略（一版）
4 公共關係策略（一版）
5 辦公室行政策略（一版）
6 致勝投資錦囊（一版）
7 最新國內商業信札（一版）

---

* 即將出版

梁鳳儀散文系列

1 財來自有方（七版）
2 誰可叮嚀（三版）
3 再戰江湖（四版）
4 不記當年（四版）
5 心想事成（四版）
6 勝者爲王（三版）
7 一言驚醒夢中人（三版）
8 行政秘笈（四版）
9 這就是梁鳳儀（三版）
10 在商言商（三版）
11 海峽兩岸的梁鳳儀（三版）
12 辦公室手册（二版）
13 先下手爲强（三版）
14 人人有淚不輕彈（二版）
15 有錢萬事足（二版）
16 梁鳳儀談情——散文精選（二版）
17 强中自有强中手（二版）
*18 梁鳳儀講生意——散文精選
*19 大男人與小女人

梁鳳儀財經小說系列

1 醉紅塵（十九版）
2 九重恩怨（十八版）
3 花魁劫（十九版）
4 信是有緣（十九版）
5 鎖清秋（十五版）
6 惆悵還依舊（十三版）
7 飛越滄桑（十三版）
8 異邦紅葉夢（十二版）
9 笑春風（十三版）
10 昨夜長風（十三版）
11 誓不言悔（十二版）
12 激情三百日（十三版）
13 花幟（十六版）
14 强人淚（十四版）
15 今晨無淚（十四版）
16 誰憐落日（十四版）
17 抱擁朝陽（十四版）
18 紅塵無淚（十一版）
19 世紀末的童話（十一版）
20 洒金箋（十四版）
21 裸情恨（十五版）
22 心濤（十一版）
23 大家族（十一版）
24 當時已惘然（八版）
25 殺戮情緣（八版）
*26 情霸天下
*27 又見深秋
*28 天債
*29 疊戀
*30 有鳳來儀
*31 歸航
*32 大風暴
*33 還我公平
*34 灑藍天
*35 西風逐晚霞
*36 夢蝶記
*37 今夕鬥煙花
*38 好女十八嫁
*39 一代大亨
*40 焚情錄
*41 尋夢園
*42 愛你在明天
*43 無情歲月有情天

梁鳳儀實用工具叢書

1 商場致勝法寶（三版）
2 小本經營大禁忌（二版）
3 秘書必讀（二版）
4 打工仔通勝（二版）
5 節約時間妙方（二版）
6 外快路路通（二版）

＊即將出版

親愛的讀者們：

希望你們會喜歡勤十緣出版社的書籍。我們努力從事出版事業，若要有理想成績，必須獲得你們的支持、指導和勉勵！

尊重讀者的意見是我們工作的宗旨，因為沒有你們的關懷，我們不可能進步。懇請你們把以下的表格填寫，剪寄：香港鰂魚涌華蘭路14號益新工業大廈18樓B座，勤十緣出版社收。

我們也會定期跟讀者保持聯絡，向你們報導有關本港暢銷書的出版情況、勤十緣出版社的新書以及聯同屈臣氏書店或香港各大書店舉辦的讀者活動。敬祝

身心愉快！

梁鳳儀

一九九二年六月一日

敬請讀者填寫以下表格（請以英文正楷填寫）

巡寄：香港鰂魚涌華蘭路14號益新工業大廈18樓B座勤十緣出版社收

姓名：________________

性別：________ 年齡：________

地址：________________

電話：（公司）________

（住宅）________

傳真號碼：____________

意見：________________

勤十緣出版社